Heinrich Böll

Dr. Murkes gesammeltes Schweigen

BIBLIOTHEK | SG

HEINRICH BÖLL

DREI ERZÄHLUNGEN | Dr. Murkes gesammeltes Schweigen | Geschäft ist Geschäft | Wanderer, kommst Du nach Spa… | *Mit einem Nachwort von Klaus Schuhmann*

Dr. Murkes gesammeltes Schweigen

Jeden Morgen, wenn er das Funkhaus betreten hatte, unterzog sich Murke einer existentiellen Turnübung: er sprang in den Paternosteraufzug, stieg aber nicht im zweiten Stockwerk, wo sein Büro lag, aus, sondern ließ sich höher tragen, am dritten, am vierten, am fünften Stockwerk vorbei, und jedesmal befiel ihn Angst, wenn die Plattform der Aufzugskabine sich über den Flur des fünften Stockwerks hinweg erhob, die Kabine sich knirschend in den Leerraum schob, wo geölte Ketten, mit Fett beschmierte Stangen, ächzendes Eisenwerk die Kabine aus der Aufwärts- in die Abwärtsrichtung schoben, und Murke starrte voller Angst auf diese einzige unverputzte Stelle des Funkhauses, atmete auf, wenn die Kabine sich zurechtgerückt, die Schleuse passiert und sich wieder eingereiht hatte und langsam nach unten sank, am fünften, am vierten, am dritten Stockwerk vorbei; Murke wußte, daß seine Angst unbegründet war: selbstverständlich würde nie etwas passieren, es konnte gar nichts passieren, und wenn etwas passierte, würde er im schlimmsten Falle gerade oben sein, wenn der Aufzug zum Stillstand kam, und würde eine Stunde, höchstens zwei dort oben eingesperrt sein. Er hatte

immer ein Buch in der Tasche, immer Zigaretten mit;
doch seit das Funkhaus stand, seit drei Jahren, hatte der
Aufzug noch nicht einmal versagt. Es kamen Tage, an
denen er nachgesehen wurde, Tage, an denen Murke
auf diese viereinhalb Sekunden Angst verzichten mußte,
und er war an diesen Tagen gereizt und unzufrieden,
wie Leute, die kein Frühstück gehabt haben. Er brauchte diese Angst, wie andere ihren Kaffee, ihren Haferbrei oder ihren Fruchtsaft brauchen. | Wenn er dann
im zweiten Stock, wo die Abteilung Kulturwort untergebracht war, vom Aufzug absprang, war er heiter und
gelassen, wie eben jemand heiter und gelassen ist, der
seine Arbeit liebt und versteht. Er schloß die Tür zu
seinem Büro auf, ging langsam zu seinem Sessel, setzte
sich und steckte eine Zigarette an: er war immer der
erste im Dienst. Er war jung, intelligent und liebenswürdig, und selbst seine Arroganz, die manchmal kurz
aufblitzte, selbst diese verzieh man ihm, weil man
wußte, daß er Psychologie studiert und mit Auszeichnung promoviert hatte.

Nun hatte Murke seit zwei Tagen aus einem besonderen Gund auf sein Angstfrühstück verzichtet: er hatte
schon um acht ins Funkhaus kommen, gleich in ein Studio rennen und mit der Arbeit beginnen müssen, weil
er vom Intendanten den Auftrag erhalten hatte, die beiden Vorträge über das Wesen der Kunst, die der große
Bur-Malottke auf Band gesprochen hatte, den Anweisungen Bur-Malottkes gemäß zu schneiden. Bur-Ma-

lottke, der in der religiösen Begeisterung des Jahres 1945 konvertiert hatte, hatte plötzlich »über Nacht«, so sagte er, »religiöse Bedenken bekommen«, hatte sich »plötzlich angeklagt gefühlt, an der religiösen Überlagerung des Rundfunks mitschuldig zu sein«, und war zu dem Entschluß gekommen, Gott, den er in seinen beiden halbstündigen Vorträgen über das Wesen der Kunst oft zitiert hatte, zu streichen und durch eine Formulierung zu ersetzen, die mehr der Mentalität entsprach, zu der er sich vor 1945 bekannt hatte; Bur-Malottke hatte dem Intendanten vorgeschlagen, das Wort Gott durch die Formulierung »jenes höhere Wesen, das wir verehren« zu ersetzen, hatte sich aber geweigert, die Vorträge neu zu sprechen, sondern darum gebeten, Gott aus den Vorträgen herauszuschneiden und »jenes höhere Wesen, das wir verehren« hineinzukleben. Bur-Malottke war mit dem Intendanten befreundet, aber nicht diese Freundschaft war die Ursache für des Intendanten Entgegenkommen: Bur-Malottke widersprach man einfach nicht. Er hatte zahlreiche Bücher essayistisch-philosophisch-religiös-kulturgeschichtlichen Inhalts geschrieben, er saß in der Redaktion von drei Zeitschriften und zwei Zeitungen, er war Cheflektor des größten Verlages. Er hatte sich bereit erklärt, am Mittwoch für eine Viertelstunde ins Funkhaus zu kommen und »jenes höhere Wesen, das wir verehren« so oft auf Band zu sprechen, wie Gott in seinen Vorträgen vorkam. Das übrige überließ er der technischen Intelligenz der Funkleute.

Es war für den Intendanten schwierig gewesen, jemanden zu finden, dem er diese Arbeit zumuten konnte; es fiel ihm zwar Murke ein, aber die Plötzlichkeit, mit der ihm Murke einfiel, machte ihn mißtrauisch – er war ein vitaler und gesunder Mann –, und so überlegte er fünf Minuten, dachte an Schwendling, an Humkoke, an Fräulein Broldin, kam aber doch wieder auf Murke. Der Intendant mochte Murke nicht; er hatte ihn zwar sofort engagiert, als man es ihm vorschlug, er hatte ihn engagiert, so wie ein Zoodirektor, dessen Liebe eigentlich den Kaninchen und Rehen gehört, natürlich auch Raubtiere anschafft, weil in einen Zoo eben Raubtiere gehören – aber die Liebe des Intendanten gehörte eben doch den Kaninchen und Rehen, und Murke war für ihn eine intellektuelle Bestie. Schließlich siegte seine Vitalität, und er beauftragte Murke, Bur-Malottkes Vortrag zu schneiden. Die beiden Vorträge waren am Donnerstag und Freitag im Programm, und Bur-Malottkes Gewissensbedenken waren in der Nacht von Sonntag auf Montag gekommen – und man hätte ebensogut Selbstmord begehen können, wie Bur-Malottke zu widersprechen, und der Intendant war viel zu vital, um an Selbstmord zu denken. | So hatte Murke am Montagnachmittag und am Dienstagmorgen dreimal die beiden halbstündigen Vorträge über das Wesen der Kunst abgehört, hatte Gott herausgeschnitten und in den kleinen Pausen, die er einlegte, während er stumm mit dem Techniker eine Zigarette rauchte, über die Vitalität des Intendanten und über das niedrige Wesen, das Bur-Malottke verehrte, nachgedacht. Er hatte nie eine Zeile von Bur-Malottke gelesen, nie zuvor einen Vortrag von ihm gehört. Er hatte in der Nacht von Montag auf Dienstag von einer Treppe geträumt, die so hoch und so steil war wie der Eiffelturm, und er war hinaufgestiegen, hatte aber bald gemerkt, daß die Treppenstufen mit Seife eingeschmiert waren, und unten stand der Intendant und rief: »Los, Murke, los ... zeigen Sie, was Sie können ... los!« In der Nacht von Dienstag auf Mittwoch war der Traum ähnlich gewesen: er war ahnungslos auf einem Rummelplatz zu einer Rutschbahn gegangen, hatte dreißig Pfennig an einen Mann bezahlt, der ihm bekannt vorkam, und als er die Rutschbahn betrat, hatte er plötzlich gesehen, daß sie mindestens zehn Kilometer lang war, hatte gewußt, daß es keinen Weg zurück gab, und ihm war eingefallen, daß der Mann, dem er die dreißig Pfennig gegeben hatte, der Intendant war. – An den beiden Morgen nach diesen Träumen hatte er das harmlose Angstfrühstück oben im Leerraum des Paternosters nicht mehr gebraucht.

Jetzt war Mittwoch, und er hatte in der Nacht nichts von Seife, nichts von Rutschbahnen, nichts von Intendanten geträumt. Er betrat lächelnd das Funkhaus, stieg in den Paternoster, ließ sich bis in den sechsten Stock tragen – viereinhalb Sekunden Angst, das Knirschen der Ketten, die unverputzte Stelle –, dann ließ er sich bis zum vierten Stock hinuntertragen, stieg aus und ging auf das Studio zu, wo er mit Bur-Malottke verabredet war. Es war zwei Minuten vor zehn, als er sich in den grünen Sessel setzte, dem Techniker zuwinkte und sich seine Zigarette anzündete. Er atmete ruhig, nahm einen Zettel aus der Brusttasche und blickte auf die Uhr: Bur-Malottke war pünktlich, jedenfalls ging die Sage von seiner Pünktlichkeit; und als der Sekundenzeiger die sechzigste Minute der zehnten Stunde füllte, der Minutenzeiger auf die Zwölf, der Stundenzeiger auf die Zehn rutschte, öffnete sich die Tür, und Bur-Malottke trat ein. Murke erhob sich, liebenswürdig lächelnd, ging auf Bur-Malottke zu und stellte sich vor. Bur-Malottke drückte ihm die Hand, lächelte und sagte: »Na, dann los!« Murke nahm den Zettel vom Tisch, steckte die Zigarette in den Mund und sagte, vom Zettel ablesend, zu Bur-Malottke: »In den beiden Vorträgen kommt Gott genau siebenundzwanzigmal vor – ich müßte Sie also bitten, siebenundzwanzigmal das zu sprechen, was wir einkleben können. Wir wären Ihnen dankbar, wenn wir Sie bitten dürften, es fünfunddreißigmal zu sprechen, da wir eine gewisse Reserve beim Kleben werden gebrauchen können.« | »Genehmigt«, sagte Bur-Malottke lächelnd und setzte sich. | »Eine Schwierigkeit allerdings«, sagte Murke, »ist folgende: bei dem Wort Gott, so ist es jedenfalls in Ihrem Vortrag, wird, abgesehen vom Genitiv, der kasuale Bezug nicht deutlich, bei ›jenem höheren Wesen, das wir verehren‹ muß er aber deutlich gemacht werden. Wir haben« – er lächelte liebenswürdig zu Bur-Malottke hin –

»insgesamt nötig: zehn Nominative und fünf Akkusative, fünfzehnmal also: ›jenes höhere Wesen, das wir verehren‹ – dann sieben Genetive, also: ›jenes höheren Wesens, das wir verehren‹ – fünf Dative: ›jenem höheren Wesen, das wir verehren« – es bleibt noch ein Vokativ, die Stelle, wo Sie ›o Gott‹ sagen. Ich erlaube mir, Ihnen vorzuschlagen, daß wir es beim Vokativ belassen, und Sie sprechen: ›O du höheres Wesen, das wir verehren!‹« | Bur-Malottke hatte offenbar an diese Komplikationen nicht gedacht; er begann zu schwitzen, die Kasualverschiebung machte ihm Kummer. Murke fuhr fort: »Insgesamt«, sagte er liebenswürdig und freundlich, »werden wir für die siebenundzwanzig neugesprochenen Sätze eine Sendeminute und zwanzig Sekunden benötigen, während das siebenundzwanzigmalige Sprechen von ›Gott‹ nur zwanzig Sekunden Sprechzeit erfordert. Wir müssen also zugunsten Ihrer Veränderung aus jedem Vortrag eine halbe Minute streichen.« Bur-Malottke schwitzte heftiger; er verfluchte sich innerlich selbst seiner plötzlichen Bedenken wegen und fragte: »Geschnitten haben Sie schon, wie?« | »Ja«, sagte Murke, zog eine blecherne Zigarettenschachtel aus der Tasche, öffnete sie und hielt sie Bur-Malottke hin: es waren kurze, schwärzliche Tonbandschnippel in der Schachtel, und Murke sagte leise: »Siebenundzwanzigmal Gott, von Ihnen gesprochen. Wollen Sie sie haben?« | »Nein«, sagte Bur-Malottke wütend, »danke. Ich werde mit dem Intendanten wegen der beiden halben Minuten sprechen. Welche

Sendungen folgen auf meine Vorträge?« | »Morgen«, sagte Murke, »folgt Ihrem Vortrag die Routinesendung *Internes aus KUV*, eine Sendung, die Dr. Grehm redigiert.« | »Verflucht«, sagte Bur-Malottke, »Grehm wird nicht mit sich reden lassen.« | »Und übermorgen«, sagte Murke, »folgt Ihrem Vortrag die Sendung *Wir schwingen das Tanzbein*.« | »Huglieme«, stöhnte Bur-Malottke, »noch nie hat die Abteilung Unterhaltung an die Kultur auch nur eine Fünftelminute abgetreten.« | »Nein«, sagte Murke, »noch nie, jedenfalls« – und er gab seinem jungen Gesicht den Ausdruck tadelloser Bescheidenheit – »jedenfalls noch nie, solange ich in diesem Hause arbeite.« | »Schön«, sagte Bur-Malottke und blickte auf die Uhr, »in zehn Minuten wird es wohl vorüber sein, ich werde dann mit dem Intendanten wegen der Minute sprechen. Fangen wir an. Können Sie mir Ihren Zettel hierlassen?« | »Aber gern«, sagte Murke, »ich habe die Zahlen genau im Kopf.« | Der Techniker legte die Zeitung aus der Hand, als Murke in die kleine Glaskanzel kam. Der Techniker lächelte. Murke und der Techniker hatten während der sechs Stunden am Montag und Dienstag, als sie Bur-Malottkes Vorträge abgehört und daran herumgeschnitten hatten, nicht ein einziges privates Wort miteinander gesprochen; sie hatten sich nur hin und wieder angesehen, das eine Mal hatte der Techniker Murke, das andere Mal Murke dem Techniker die Zigarettenschachtel hingehalten, wenn sie eine Pause machten, und als Murke jetzt den Techniker lächeln sah, dachte er: Wenn es überhaupt Freundschaft auf dieser Welt gibt, dann ist dieser Mann mein Freund. Er legte die Blechschachtel mit den Schnippeln aus Bur-Malottkes Vortrag auf den Tisch und sagte leise: »Jetzt geht es los.« Er schaltete sich ins Studio und sagte ins Mikrofon: »Das Probesprechen können wir uns sicher sparen, Herr Professor. Am besten fangen wir gleich an: ich darf Sie bitten, mit den Nominativen zu beginnen.« | Bur-Malottke nickte, Murke schaltete sich aus, drückte auf den Knopf, der drinnen im Studio das grüne Licht zum Leuchten brachte, dann hörten sie Bur-Malottkes feierliche, wohlakzentuierte Stimme sagen: »Jenes höhere Wesen, das wir verehren – jenes höhere Wesen...« | Bur-Malottkes Lippen wölbten sich der Schnauze des Mikrofons zu, als ob er es küssen wollte, Schweiß lief über sein Gesicht, und Murke beobachtete durch die Glaswand hindurch kaltblütig, wie Bur-Malottke sich quälte; dann schaltete er plötzlich Bur-Malottke aus, brachte das ablaufende Band, das Bur-Malottkes Worte aufnahm, zum Stillstand und weidete sich daran, Bur-Malottke stumm wie einen dicken, sehr schönen Fisch hinter der Glaswand zu sehen. Er schaltete sich ein, sagte ruhig ins Studio hinein: »Es tut mir leid, aber unser Band war defekt, und ich muß Sie bitten, noch einmal von vorne mit den Nominativen zu beginnen.« Bur-Malottke fluchte, aber es waren stumme Flüche, die nur er selbst hörte, denn Murke hatte ihn ausgeschaltet, schaltete ihn erst wieder ein, als er angefangen hatte, »jenes höhere Wesen...« zu sagen. Murke war zu jung, hatte sich zu gebildet gefühlt, um das Wort Haß zu mögen. Hier aber, hinter der Glaswand, während Bur-Malottke seine Genitive sprach, wußte er plötzlich, was Haß ist: er haßte diesen großen, dicken und schönen Menschen, dessen Bücher in zwei Millionen und dreihundertfünfzigtausend Kopien in Bibliotheken, Büchereien, Bücherschränken und Buchhandlungen herumlagen, und er dachte nicht eine Sekunde daran, diesen Haß zu unterdrücken. Murke schaltete sich, nachdem Bur-Malottke zwei Genitive gesprochen hatte, wieder ein, sagte ruhig: »Verzeihung, daß ich Sie unterbreche: die Nominative waren ausgezeichnet, auch der erste Genitiv, aber bitte, vom zweiten Genitiv ab noch einmal; ein wenig weicher, ein wenig gelassener, ich spiel es Ihnen mal rein.« Und er gab, obwohl Bur-Malottke heftig den Kopf schüttelte, dem Techniker ein Zeichen, das Band ins Studio zu spielen. Sie sahen, daß Bur-Malottke zusammenzuckte, noch heftiger schwitzte, sich dann die Ohren zuhielt, bis das Band durchgelaufen war. Er sagte etwas, fluchte, aber Murke und der Techniker hörten ihn nicht, sie hatten ihn ausgeschaltet. Kalt wartete Murke, bis er von Bur-Malottkes Lippen ablesen konnte, daß er wieder mit dem höheren Wesen begonnen hatte, er schaltete Mikrofon und Band ein, und Bur-Malottke fing mit den Dativen an: »Jenem höheren Wesen, das wir verehren.« | Nachdem er die Dative gesprochen hatte, knüllte er Murkes Zettel zusammen, erhob sich, in Schweiß gebadet und zornig, wollte zur Tür gehen; aber Murkes sanfte, liebenswürdige junge Stimme rief ihn zurück. Murke sagte: »Herr Professor, Sie haben den Vokativ vergessen.« Bur-Malottke warf ihm einen haßerfüllten Blick zu und sprach ins Mikrofon: »O du höheres Wesen, das wir verehren!« | Als er hinausgehen wollte, rief ihn abermals Murkes Stimme zurück. Murke sagte: »Verzeihen Sie, Herr Professor, aber in dieser Weise gesprochen, ist der Satz unbrauchbar.« | »Um Gottes willen«, flüsterte ihm der Techniker zu, »übertreiben Sie's nicht.« | Bur-Malottke war mit dem Rücken zur Glaskanzel an der Tür stehengeblieben, als sei er durch Murkes Stimme festgeklebt. | Er war, was er noch nie gewesen war: er war ratlos, und diese so junge, liebenswürdige, so maßlos intelligente Stimme peinigte ihn, wie ihn noch nie etwas gepeinigt hatte. Murke fuhr fort: | »Ich kann es natürlich so in den Vortrag hineinkleben, aber ich erlaube mir, Sie darauf aufmerksam zu machen, Herr Professor, daß es nicht gut wirken wird.« | Bur-Malottke drehte sich um, ging wieder zum Mikrofon zurück und sagte leise und feierlich: | »O du höheres Wesen, das wir verehren.«

Ohne sich nach Murke umzusehen, verließ er das Studio. Es war genau Viertel nach zehn, und er stieß in der Tür mit einer jungen, hübschen Frau zusammen, die Notenblätter in der Hand hielt. Die junge Frau war rothaarig und blühend, sie ging energisch zum Mikrofon, drehte es, rückte den Tisch zurecht, so daß sie frei vor dem Mikrofon stehen konnte. | In der Glaskanzel unterhielt sich Murke eine halbe Minute mit Huglieme, dem Redakteur der Unterhaltungsabteilung. Huglieme sagte, in dem er auf die Zigarettenschachtel deutete: »Brauchen Sie das noch?« Und Murke sagte: »Ja, das brauche ich noch.« Drinnen sang die rothaarige junge Frau: »Nimm meine Lippen, so wie sie sind, und sie sind schön.« Huglieme schaltete sich ein und sagte ruhig ins Mikrofon: »Halt doch bitte noch für zwanzig Sekunden die Fresse, ich bin noch nicht ganz so weit.« Die junge Frau lachte, schürzte den Mund und sagte: »Du schwules Kamel.« Murke sagte zum Techniker: »Ich komme also um elf, dann schnippeln wir's auseinander und kleben es rein.« | »Müssen wir's nachher auch noch abhören?« fragte der Techniker. | »Nein«, sagte Murke, »nicht um eine Million Mark höre ich es noch einmal ab.« | Der Techniker nickte, legte das Band für die rothaarige Sängerin ein, und Murke ging. | Er steckte eine Zigarette in den Mund, ließ sie unangezündet und ging durch den rückwärtigen Flur auf den zweiten Paternoster zu, der an der Südseite lag und zur Kantine hinunterführte. Die Teppiche, die Flure, die Möbel und Bilder, alles reizte ihn. Es waren schöne Teppiche, schöne Flure, schöne Möbel und geschmackvolle Bilder, aber er hatte plötzlich den Wunsch, das kitschige Herz-Jesu-Bildchen, das seine Mutter ihm geschickt hatte, hier irgendwo an der Wand zu sehen. Er blieb stehen, blickte um sich, lauschte, zog das Bildchen aus der Tasche und klemmte es zwischen Tapete und Türfüllung an die Tür des Hilfsregisseurs der Hörspielabteilung. Das Bildchen war bunt, grell, und unter der Abbildung des Herzens Jesu war zu lesen: *Ich bete für Dich in Sankt Jacobi.* | Murke ging weiter, stieg in den Paternoster und ließ sich nach unten tragen. Auf dieser Seite des Funkhauses waren die Schrörschnauzaschenbecher, die beim Preisausschreiben um die besten Aschenbecher den ersten Preis bekommen hatten, schon angebracht. Sie hingen neben den erleuchteten roten Zahlen, die das Stockwerk angaben: eine rote Vier, ein Schrörschnauzaschenbecher, eine rote Drei, ein Schrörschnauzaschenbecher, eine rote Zwei, ein Schrörschnauzaschenbecher. Es waren schöne, aus Kupfer getriebene, muschelförmige Aschenbecher, deren Stütze irgendein aus Kupfer getriebenes, originelles Meeresgewächs war: knotige Algen – und jeder Aschenbecher hatte zweihundertachtundfünfzig Mark und siebenundsiebzig Pfennig gekostet. Sie waren so schön, daß Murke noch nie den Mut gehabt hatte, sie mit seiner Zigarettenasche oder gar mit etwas Unästhetischem wie einer Kippe zu verunreinigen. Allen anderen Rauchern schien es ähnlich zu gehen – leere Zigarettenschachteln, Kippen und Asche lagen immer unter den schönen Aschenbechern auf dem Boden: niemand schien den Mut zu finden, diese Aschenbecher wirklich als solche zu benutzen; kupfern waren sie, blank und immer leer. | Murke sah schon den fünften Aschenbecher neben der rot erleuchteten Null auf sich zukommen, die Luft wurde wärmer, es roch nach Speisen, Murke sprang ab und taumelte in die Kantine. In der

Ecke saßen drei freie Mitarbeiter an einem Tisch. Eierbecher, Brotteller und Kaffeekannen standen um sie herum. | Die drei Männer hatten zusammen eine Hörfolge: *Die Lunge, Organ des Menschen* verfaßt, hatten zusammen ihr Honorar abgeholt, zusammen gefrühstückt, tranken jetzt einen Schnaps miteinander und knobelten um den Steuerbeleg. Murke kannte einen von ihnen gut, Wendrich; aber Wendrich rief gerade heftig »Kunst!« – »Kunst«, rief er noch einmal, »Kunst, Kunst!«, und Murke zuckte erschreckt zusammen, wie der Frosch, an dem Galvani die Elektrizität entdeckte. Murke hatte das Wort *Kunst* an den beiden letzten Tagen zu oft gehört, aus Bur-Malottkes Mund; es kam genau einhundertvierunddreißigmal in den beiden Vorträgen vor; und er hatte die Vorträge dreimal, also vierhundertundzweimal das Wort *Kunst* gehört, zu oft, um Lust auf eine Unterhaltung darüber zu verspüren. Er drückte sich an der Theke vorbei in eine Laube in der entgegengesetzten Ecke der Kantine und atmete erleichtert auf, als die Laube frei war. Er setzte sich in den gelben Polstersessel, zündete die Zigarette an, und als Wulla kam, die Kellnerin, sagte er: »Bitte Apfelsaft«, und war froh, daß Wulla gleich wieder verschwand. Er kniff die Augen zu, lauschte aber, ohne es zu wollen, auf das Gespräch der freien Mitarbeiter in der Ecke, die sich leidenschaftlich über Kunst zu streiten schienen; jedesmal, wenn einer von ihnen »Kunst« rief, zuckte Murke zusammen. Es ist, als ob man ausgepeitscht würde, dachte er. | Wulla, die ihm den Apfelsaft brachte, sah ihn besorgt an. Sie war groß und kräftig, aber nicht dick, hatte ein gesundes, fröhliches Gesicht, und während sie den Apfelsaft aus der Karaffe ins Glas goß, sagte sie: »Sie sollten Ihren Urlaub nehmen, Herr Doktor, und das Rauchen besser lassen.« | Früher hatte sie sich Wilfriede-Ulla genannt, dann aber den Namen der Einfachheit halber zu Wulla zusammengezogen. Sie hatte einen besonderen Respekt vor den Leuten von der kulturellen Abteilung. | »Lassen Sie mich in Ruhe«, sagte Murke, »bitte lassen Sie mich!« | »Und Sie sollten mal mit 'nem einfachen netten Mädchen ins Kino gehen«, sagte Wulla. | »Das werde ich heute abend tun«, sagte Murke, »ich verspreche es Ihnen.« | »Es braucht nicht gleich eins von den Flittchen zu sein«, sagte Wulla, »ein einfaches, nettes, ruhiges Mädchen mit Herz. Die gibt es immer noch.« | »Ich weiß«, sagte Murke, »es gibt sie, und ich kenne sogar eine.« Na also, dachte Wulla und ging zu den freien Mitarbeitern hinüber, von denen einer drei Schnäpse und drei Tassen Kaffee bestellt hatte. Die armen Herren, dachte Wulla, die Kunst macht sie noch ganz verrückt. Sie hatte ein Herz für die freien Mitarbeiter und war immer darauf aus, sie zur Sparsamkeit anzuhalten. Haben sie mal Geld, dachte sie, dann hauen sie's gleich auf den Kopf, und sie ging zur Theke und gab kopfschüttelnd dem Büfettier die Bestellung der drei Schnäpse und der drei Tassen Kaffee durch. | Murke trank von dem Apfelsaft, drückte die Zigarette in den Aschenbecher und dachte voller Angst an die Stunden zwischen elf und eins, in denen er Bur-Malottkes Sprüche auseinanderschneiden und an die richtigen Stellen in den Vorträgen hineinkleben mußte. Um zwei wollte der Intendant die beiden Vorträge in sein Studio gespielt haben. Murke dachte an Schmierseife, an Treppen, steile Treppen und Rutschbahnen, er dachte an die Vitalität des Intendanten, dachte an Bur-Malottke und erschrak, als er Schwendling in die Kantine kommen sah. | Schwendling hatte ein rot-schwarzes, großkariertes Hemd an und steuerte zielsicher auf die Laube zu, in der Murke sich verbarg. Schwendling summte den Schlager, der jetzt sehr beliebt war: »Nimm meine Lippen, so wie sie sind, und sie sind schön...«, stutzte, als er Murke sah, und sagte: »Na, du? Ich denke, du schneidest den Käse von Bur-Malottke zurecht.« | »Um elf geht es weiter«, sagte Murke. | »Wulla, ein Bier«, brüllt Schwendling zur Theke hin, »einen halben Liter. – Na«, sagte er zu Murke hin, »du hättest dafür 'nen Extraurlaub verdient, das muß ja gräßlich sein. Der Alte hat mir erzählt, worum es geht.« | Murke schwieg, und Schwendling sagte: »Weißt du das Neueste von Muckwitz?« Murke schüttelte erst uninteressiert den Kopf, fragte dann aus Höflichkeit: »Was ist denn mit ihm?« | Wulla brachte das Bier, Schwendling trank daran, blähte sich ein wenig und sagte langsam: »Muckwitz verfeaturt die Taiga.« | Murke lachte und sagte: »Was macht Fenn?« | »Der«, sagte Schwendling, »der verfeaturt die Tundra.« | »Und Wegguch?« | »Wegguch macht ein Feature über mich, und später mache ich eines über ihn nach dem Wahlspruch: Verfeature du mich; dann verfeature ich dich...« | Einer der freien Mitarbeiter war jetzt aufgesprungen und brüllte emphatisch in die Kantine hinein: »Kunst – Kunst – das allein ist es, worauf es ankommt.« | Murke duckte sich, wie ein Soldat sich duckt, der im feindlichen Schützengraben die Abschüsse der Granatwerfer gehört hat. Er trank noch einen Schluck Apfelsaft und zuckte wieder zusammen, als eine Stimme durch den Lautsprecher sagte: »Herr Doktor Murke wird im Studio dreizehn erwartet – Herr Doktor Murke wird im Studio dreizehn erwartet.« Er blickte auf die Uhr, es war erst halb elf, aber die Stimme fuhr unerbittlich fort: »Herr Doktor Murke wird im Studio dreizehn erwartet. – Herr Doktor Murke wird im Studio dreizehn erwartet.« Der Lautsprecher hing über der Theke des Kantinenraumes, gleich unterhalb des Spruches, den der Intendant hatte an die Wand malen lassen: *Disziplin ist alles.* | »Na«, sagte Schwendling, »es nutzt nichts, geh.« | »Nein«, sagte Murke, »es nutzt nichts.« Er stand auf, legte Geld für den Apfelsaft auf den Tisch, drückte sich am Tisch der freien Mitarbeiter vorbei, stieg draußen in den Paternoster und ließ sich an den fünf Schrörschnauzaschenbechern vorbei wieder nach oben tragen. Er sah sein Herz-Jesu-Bildchen noch in der Türfüllung des Hilfsregisseurs geklemmt und dachte: | ›Gott sei Dank, jetzt ist wenigstens ein kitschiges Bild im Funkhaus.‹ | Er öffnete die Tür zur Kanzel des Studios, sah den Techniker allein und ruhig vor vier Pappkartons sitzen und fragte müde: »Was ist denn los?« | »Die waren früher fertig, als sie gedacht hatten, und wir haben eine halbe Stunde gewonnen«, sagte der Techniker, »ich dachte, es läge Ihnen vielleicht daran, die halbe Stunde auszunutzen.« | »Da liegt mir allerdings dran«, sagte Murke, »ich habe um eins eine Verabredung. Also fangen wir an. Was ist mit den Kartons?« | »Ich habe«, sagte der Techniker, »für jeden Kasus einen Karton – die Akkusative im ersten, im zweiten die Genitive, im dritten die Dative und in dem da« – er deutete auf den Karton, der am weitesten rechts stand, einen kleinen Karton, auf dem REINE SCHOKOLADE stand, und sagte: »Und da drin liegen die beiden Vokative, in der rechten Ecke der gute, in der linken der schlechte.« | »Das ist großartig«, sagte Murke, »Sie haben den Dreck also schon auseinandergeschnitten.« | »Ja«, sagte der Techniker, »und wenn Sie sich die Reihenfolge notiert haben, in der die Fälle eingeklebt werden müssen, sind wir spätestens in 'ner Stunde fertig. Haben Sie sich's notiert?« – »Hab ich«, sagte Murke. Er zog einen Zettel aus der Tasche, auf dem die Ziffern 1 bis 27 notiert waren; hinter jeder Ziffer stand ein Kasus. | Murke setzte sich, hielt dem Techniker die Zigarettenschachtel hin; sie rauchten beide, während der Techniker die zerschnittenen Bänder mit Bur-Malottkes Vorträgen auf die Rolle legte. | »In den ersten Schnitt«, sagte Murke, »müssen wir einen Akkusativ einkleben.« Der Techniker griff in den ersten Karton, nahm einen der Bandschnippel und klebte ihn in die Lücke. | »In den zweiten«, sagte Murke, »'nen Dativ.« | Sie arbeiteten flink, und Murke war erleichtert, weil es so rasch ging. | »Jetzt«, sagte er, »kommt der Vokativ; natürlich nehmen wir den schlechten.« | Der Techniker lachte und klebte Bur-Malottkes schlechten Vokativ in das Band. »Weiter«, sagte er, »weiter!« – »Genitiv«, sagte Murke.

Der Intendant las gewissenhaft jeden Hörerbrief. Der, den er jetzt gerade las, hatte folgenden Wortlaut: Lieber Rundfunk, gewiß hast Du keine treuere Hörerin als mich. Ich bin eine alte Frau, ein Mütterchen von siebenundsiebzig Jahren, und ich höre Dich seit dreißig Jahren täglich. Ich bin nie sparsam mit meinem Lob gewesen. Vielleicht entsinnst Du Dich meines Briefes über die Sendung: ›Die sieben Seelen der Kuh Kaweida‹. Es war eine großartige Sendung – aber nun muß ich böse mit Dir werden! Die Vernachlässigung, die die Hundeseele im Rundfunk erfährt, wird allmählich empörend. Das nennst Du dann Humanismus. Hitler hatte bestimmt seine Nachteile: wenn man alles glauben kann, was man so hört, war er ein garstiger Mensch, aber eins hatt' er: er hatte ein Herz für Hunde und tat etwas für sie. Wann kommt der Hund endlich im deutschen Rundfunk wieder zu seinem Recht? So wie Du es in der Sendung ›Wie Katz und Hund‹ versucht hast, geht es jedenfalls nicht: es war eine Beleidigung für jede Hundeseele. Wenn mein kleiner Lohengrin reden könnte, der würd's Dir sagen! Und gebellt hat er, der

Liebe, während Deine mißglückte Sendung ablief, gebellt hat er, daß einem's Herz aufgehen konnte vor Scham. Ich zahle meine zwei Mark im Monat wie jeder andere Hörer und mache von meinem Recht Gebrauch und stelle die Frage: Wann kommt die Hundeseele endlich im Rundfunk wieder zu ihrem Recht?
Freundlich – obwohl ich so böse mit Dir bin –
Deine Jadwiga Herchen, ohne Beruf

P.S. Sollte keiner von den zynischen Gesellen, die Du Dir zur Mitarbeit aussuchst, fähig sein, die Hundeseele in entsprechender Weise zu würdigen, so bediene Dich meiner bescheidenen Versuche, die ich Dir beilege. Aufs Honorar würde ich verzichten. Du kannst es gleich dem Tierschutzverein überweisen. | Beiliegend: 35 Manuskripte. | Deine J. H.

Der Intendant seufzte. Er suchte nach den Manuskripten, aber seine Sekretärin hatte sie offenbar schon wegsortiert. Der Intendant stopfte sich eine Pfeife, steckte sie an, leckte sich über die vitalen Lippen, hob den Telefonhörer und ließ sich mit Krochy verbinden. Krochy hatte ein winziges Stübchen mit einem winzigen, aber geschmackvollen Schreibtisch oben in der Abteilung Kulturwort und verwaltete ein Ressort, das so schmal war wie sein Schreibtisch: Das Tier in der Kultur. | »Krochy«, sagte der Intendant, als dieser sich bescheiden meldete, »wann haben wir zuletzt etwas über Hunde gebracht?« | »Über Hunde?« sagte Krochy, »Herr Intendant, ich glaube, noch nie, jedenfalls, solange ich hier bin, noch nicht.« | »Und wie lange sind Sie schon hier, Krochy?« Und Krochy oben in seinem Zimmer zitterte, weil die Stimme des Intendanten so sanft wurde; er wußte, daß nichts Gutes bevorstand, wenn diese Stimme sanft wurde. | »Zehn Jahre bin ich jetzt hier, Herr Intendant«, sagte Krochy. | »Es ist eine Schweinerei«, sagte der Intendant, »daß Sie noch nie etwas über Hunde gebracht haben, schließlich fällt es in Ihr Ressort. Wie hieß der Titel Ihrer letzten Sendung?« | »Meine letzte Sendung hieß«, stotterte Krochy. | »Sie brauchen den Satz nicht zu wiederholen«, sagte der Intendant, »wir sind nicht beim Militär.« | »Eulen im Gemäuer«, sagte Krochy schüchtern. | »Innerhalb der nächsten drei Wochen«, sagte der Intendant, nun wieder sanft, »möchte ich eine Sendung über die Hundeseele hören.« | »Jawohl«, sagte Krochy, er hörte den Klicks, mit dem der Intendant den Hörer aufgelegt hatte, seufzte tief und sagte: »O mein Gott!« | Der Intendant griff zum nächsten Hörerbrief. | In diesem Augenblick trat Bur-Malottke ein. Er durfte sich die Freiheit nehmen, jederzeit unangemeldet hereinzukommen, und er nahm sich diese Freiheit häufig. Er schwitzte noch, setzte sich müde auf einen Stuhl dem Intendanten gegenüber und sagte: | »Guten Morgen also.« | »Guten Morgen«, sagte der Intendant und schob den Hörerbrief beiseite. »Was kann ich für Sie tun?« | »Bitte«, sagte Bur-Malottke, »schenken Sie mir eine Minute.« | »Bur-Malottke«, sagte der Intendant und machte eine großartige, vitale Geste, »braucht mich nicht um eine Minute zu bitten, Stunden, Tage stehen zu Ihrer Verfügung.« | »Nein«, sagte Bur-Malottke, »es handelt sich nicht um eine gewöhnliche Zeitminute, sondern um eine Sendeminute. Mein Vortrag ist durch die Änderung um eine Minute länger geworden.« Der Intendant wurde ernst, wie ein Satrap, der Provinzen verteilt. »Hoffentlich«, sagte er sauer, »ist es nicht eine politische Minute.« | »Nein«, sagte Bur-Malottke, »eine halbe lokale und eine halbe Unterhaltungsminute.« | »Gott sei Dank«, sagte der Intendant, »ich habe bei der Unterhaltung noch neunundsechzig Sekunden, bei den Lokalen noch dreiundachtzig Sekunden gut, gerne gebe ich einem Bur-Malottke eine Minute.« | »Sie beschämen mich«, sagte Bur-Malottke. | »Was kann ich sonst noch für Sie tun?« fragte der Intendant. »Ich wäre Ihnen dankbar«, sagte Bur-Malottke, »wenn wir gelegentlich darangehen könnten, alle Bänder zu korrigieren, die ich seit 1945 besprochen habe. Eines Tages«, sagte er – er fuhr sich über die Stirn und blickte schwermütig auf den echten Brüller, der über des Intendanten Schreibtisch hing –, »eines Tages werde ich« – er stockte, denn die Mitteilung, die er dem Intendanten zu machen hatte, war zu schmerzlich für die Nachwelt – »eines Tages werde ich – sterben werde ich –«, und er machte wieder eine Pause und gab dem Intendanten Gelegenheit, bestürzt auszusehen und abwehrend mit der Hand zu winken – »und es ist mir unerträglich, daran zu denken, daß nach meinem Tode möglicherweise Bänder ablaufen, auf denen ich Dinge sage, von

denen ich nicht mehr überzeugt war. Besonders zu politischen Äußerungen habe ich mich im Eifer des fünfundvierziger Jahres hinreißen lassen, zu Äußerungen, die mich heute mit starken Bedenken erfüllen und die ich nur auf das Konto jener Jugendlichkeit setzen kann, die von jeher mein Werk ausgezeichnet hat. Die Korrekturen meines geschriebenen Werkes laufen bereits an, ich möchte Sie bitten, mir bald die Gelegenheit zu geben, auch mein gesprochenes Werk zu korrigieren.«
| Der Intendant schwieg, hüstelte nur leicht, und kleine, sehr helle Schweißtröpfchen zeigten sich auf seiner Stirn: es fiel ihm ein, daß Bur-Malottke seit 1945 jeden Monat mindestens eine Stunde gesprochen hatte, und er rechnete flink, während Bur-Malottke weitersprach: zwölf Stunden mal zehn waren einhundertzwanzig Stunden gesprochenen Bur-Malottkes. | »Pedanterie«, sagte Bur-Malottke, »wird ja nur von unsauberen Geistern als des Genies unwürdig bezeichnet, wir wissen ja« – und der Intendant fühlte sich geschmeichelt, durch das Wir unter die sauberen Geister eingereiht zu werden – »daß die wahren, die großen Genies Pedanten waren. Himmelsheim ließ einmal eine ganze, ausgedruckte Auflage seines *Seelon* auf eigene Kosten neu binden, weil drei oder vier Sätze in der Mitte dieses Werkes ihm nicht mehr entsprechend erschienen. Der Gedanke, daß Vorträge von mir gesendet werden können, von denen ich nicht mehr überzeugt war, als ich das Zeitliche segnete – der Gedanke ist mir unerträglich. Welche Lösung würden Sie vorschlagen?« | Die

Schweißtropfen auf der Stirn des Intendanten waren größer geworden. »Es müßte«, sagte er leise, »erst einmal eine genaue Aufstellung aller von Ihnen gesprochenen Sendungen gemacht und dann im Archiv nachgesehen werden, ob diese Bänder noch alle dort sind.« | »Ich hoffe«, sagte Bur-Malottke, »daß man keins der Bänder gelöscht hat, ohne mich zu verständigen. Man hat mich nicht verständigt, also hat man kein Band gelöscht.« | »Ich werde alles veranlassen«, sagte der Intendant. | »Ich bitte darum«, sagte Bur-Malottke spitz und stand auf. »Guten Morgen.« | »Guten Morgen«, sagte der Intendant und geleitete Bur-Malottke zur Tür.

Die freien Mitarbeiter in der Kantine hatten sich entschlossen, ein Mittagessen zu bestellen. Sie hatten noch mehr Schnaps getrunken, sprachen immer noch über Kunst, ihr Gespräch war ruhiger, aber nicht weniger leidenschaftlich geworden. Sie sprangen alle erschrocken auf, als plötzlich Wanderburn in die Kantine trat. Wanderburn war ein großer, melancholisch aussehender Dichter mit dunklem Haar, einem sympathischen Gesicht, das ein wenig vom Stigma des Ruhmes gekerbt war. Er war an diesem Tage unrasiert und sah deshalb noch sympathischer aus. Er ging auf den Tisch der drei freien Mitarbeiter zu, setzte sich erschöpft hin und sagte: »Kinder, gebt mir etwas zu trinken. In diesem Hause habe ich immer das Gefühl, zu verdursten.« | Sie gaben ihm zu trinken, einen Schnaps, der noch dastand, und den Rest aus einer Sprudelflasche. Wanderburn trank, setzte das Glas ab, blickte die drei Männer der Reihe nach an und sagte: »Ich warne Sie vor dem Funk, vor diesem Scheißkasten – vor diesem geleckten, geschniegelten, aalglatten Scheißkasten. Ich warne Sie. Er macht uns alle kaputt.« | Seine Warnung war aufrichtig und beeindruckte die drei jungen Männer sehr; aber die drei jungen Männer wußten nicht, daß Wanderburn gerade von der Kasse kam, wo er sich viel Geld als Honorar für eine leichte Bearbeitung des Buches Hiob abgeholt hatte. | »Sie schneiden uns«, sagte Wanderburn, »zehren unsere Substanz auf, kleben uns, und wir alle werden es nicht aushalten.« Er trank den Sprudel aus, setzte das Glas auf den Tisch und schritt mit melancholisch wehendem Mantel zur Tür.

Punkt zwölf war Murke mit dem Kleben fertig. Sie hatten den letzten Schnippel, einen Dativ, gerade eingeklebt, als Murke aufstand. Er hatte schon die Türklinke in der Hand, da sagte der Techniker: »Ein so empfindliches und kostspieliges Gewissen möcht' ich auch mal haben. Was machen wir mit der Dose?« Er zeigte auf die Zigarettenschachtel, die oben im Regal zwischen den Kartons mit neuen Bändern stand. | »Lassen Sie sie stehen«, sagte Murke. | »Wozu?« | Vielleicht brauchen wir sie noch.« | »Halten Sie's für möglich, daß er wieder Gewissensqualen bekommt?« | »Nicht unmöglich«, sagte Murke, »warten wir besser ab. Auf Wiedersehen.« Er ging zum vorderen Paternoster, ließ sich zum zweiten Stock hinuntertragen und betrat erstmals an diesem Tage sein Büro. Die Sekretärin war zum Essen gegangen, Murkes Chef, Humkoke, saß am Telefon und las in einem Buch. Er lächelte Murke zu, stand auf und sagte: »Na, Sie leben ja noch. Ist dies Buch Ihres? Haben Sie es auf den Schreibtisch gelegt?« Er hielt Murke den Titel hin, und Murke sagte: »Ja, es ist meins.« Das Buch hatte einen grün-grau-orangefarbenen Schutzumschlag, hieß *Batley's Lyrik-Kanal;* es handelte von einem jungen englischen Dichter, der vor hundert Jahren einen Katalog des Londoner Slangs angelegt hatte. | »Es ist ein großartiges Buch«, sagte Murke. | »Ja«, sagte Humkoke, »es ist großartig, aber Sie lernen es nie.« | Murke sah ihn fragend an. | »Sie lernen es nie, daß man großartige Bücher nicht auf dem Tisch herumliegen läßt, wenn Wanderburn erwartet wird, und Wanderburn wird immer erwartet. Der hat es natürlich gleich erspäht, es aufgeschlagen, fünf Minuten darin gelesen, und was ist die Folge?« | Murke schwieg. | »Die Folge ist«, sagte Humkoke, »zwei einstündige Sendungen von Wanderburn über Batley's Lyrik-Kanal. Dieser Bursche wird uns eines Tages noch seine eigene Großmutter als Feature servieren, und das Schlimme ist eben, daß eine seiner Großmütter auch meine war. Bitte, Murke, merken Sie sich: nie großartige Bücher auf den Tisch, wenn Wanderburn erwartet wird, und ich wiederhole, er wird immer erwartet. – So, und nun gehen Sie, Sie haben den Nachmittag frei, und ich nehme an, daß Sie den freien Nachmittag verdient haben. – Ist der Kram fertig? Haben Sie ihn noch einmal abgehört?« | »Ich habe alles fertig«, sagte Murke, »aber abhören kann ich die Vorträge nicht mehr, ich kann es einfach nicht.« | »Ich kann es einfach nicht« ist eine sehr kindliche Redewendung«, sagte Humkoke. »Wenn ich das Wort Kunst heute noch einmal hören muß, werde ich hysterisch«, sagte Murke. | »Sie sind es schon«, sagte Humkoke, »und ich billige Ihnen sogar zu, daß Sie Grund haben, es zu sein. Drei Stunden Bur-Malottke, das haut hin, das schmeißt den stärksten Mann um, und Sie sind nicht einmal ein starker Mann.« Er warf das Buch auf den Tisch, kam einen Schritt auf Murke zu und sagte: »Als ich in Ihrem Alter war, hatte ich einmal eine vierstündige Hitlerrede um drei Minuten zu schneiden, und ich mußte mir die Rede dreimal anhören, ehe ich würdig war, vorzuschlagen, welche drei Minuten herausgeschnitten werden sollten. Als ich anfing, das Band zum erstenmal zu hören, war ich noch ein Nazi, aber als ich die Rede zum drittenmal durch hatte, war ich kein Nazi mehr; es war eine harte, eine schreckliche, aber sehr wirksame Kur.« | »Sie vergessen«, sagte Murke leise, »daß ich von Bur-Malottke schon geheilt war, bevor ich seine Bänder hören mußte.« | »Sie sind doch eine Bestie«, sagte Humkoke lachend, »gehen Sie, der Intendant hört es sich um zwei noch einmal an. Sie müssen nur erreichbar sein, falls etwas passiert.« | »Von zwei bis drei bin ich zu Hause«, sagte Murke. | »Noch etwas«, sagte Humkoke und zog eine gelbe Keksdose aus einem Regal, das neben Murkes Schreibtisch stand, »was für Bandschnippel haben Sie in dieser Dose?« | Murke wurde rot. »Es sind«, sagte er, »ich sammle eine bestimmte Art von Resten.« | »Welche Art Reste?« fragte Humkoke. | »Schweigen«, sagte Murke, »ich sammle Schweigen.« | Humkoke sah ihn fragend an, und Murke fuhr fort: »Wenn ich Bänder zu schneiden habe, wo die Sprechenden manchmal eine Pause gemacht haben – auch Seufzer, Atemzüge, absolutes Schweigen –, das werfe ich nicht in den Abfallkorb, sondern das sammle ich. Bur-Malottkes Bänder übrigens gaben nicht eine Sekunde Schweigen her.« | Humkoke lachte: »Natürlich, der wird doch nicht schweigen. – Und was machen Sie mit den Schnippeln?« | »Ich klebe sie aneinander und spiele mir das Band vor, wenn ich abends zu Hause bin. Es ist noch nicht viel, ich habe erst drei Minuten – aber es wird ja auch nicht viel geschwiegen.« | »Ich muß Sie darauf aufmerksam machen, daß es verboten ist, Teile von Bändern mit nach Hause zu nehmen.« | »Auch Schweigen?« fragte Murke. | Humkoke lachte und sagte: »Nun gehen Sie!« Und Murke ging.

Als der Intendant wenige Minuten nach zwei in sein Studio kam, war der Bur-Malottke-Vortrag eben angelaufen:

... und wo immer, wie immer, warum immer und wann immer wir das Gespräch über das Wesen der Kunst beginnen, müssen wir zuerst auf jenes höhere Wesen, das wir verehren, blicken, müssen uns in Ehrfurcht vor jenem höheren Wesen, das wir verehren, beugen und müssen die Kunst

dankbar als ein Geschenk jenes höheren Wesens, das wir verehren, entgegennehmen. Die Kunst...
Nein, dachte der Intendant, ich kann wirklich keinem Menschen zumuten, einhundertzwanzig Stunden Bur-Malottke abzuhören. Nein, dachte er, es gibt Dinge, die man einfach nicht machen kann, die ich nicht einmal Murke gönne. Er ging in sein Arbeitszimmer zurück, schaltete dort den Lautsprecher an und hörte gerade Bur-Malottke sagen: »O du höheres Wesen, das wir verehren...« Nein, dachte der Intendant, nein, nein.

Murke lag zu Hause auf seiner Couch und rauchte. Neben ihm auf einem Stuhl stand eine Tasse Tee, und Murke blickte gegen die weiße Decke. An seinem Schreibtisch saß ein bildschönes blondes Mädchen, das starr zum Fenster hinaus auf die Straße blickte. Zwischen Murke und dem Mädchen, auf einem Rauchtisch, stand ein Bandgerät, das auf Aufnahme gestellt war. Kein Wort wurde gesprochen, kein Laut fiel. Man hätte das Mädchen für ein Fotomodell halten können, so schön und stumm war es. | »Ich kann nicht mehr«, sagte das Mädchen plötzlich, »ich kann nicht mehr, es ist unmenschlich, was du verlangst. Es gibt Männer, die unsittliche Sachen von einem Mädchen verlangen, aber ich meine fast, was du von mir verlangst, wäre noch unsittlicher als die Sachen, die andere Männer von einem Mädchen verlangen.« | Murke seufzte. »Mein Gott«, sagte er, »liebe Rina, das muß ich alles wieder rausschneiden, sei doch vernünftig, sei lieb und beschweige mir wenigstens fünf Minuten Band.« | Beschweigen«, sagte das Mädchen, und sie sagte es auf eine Weise, die man vor dreißig Jahren ›unwirsch‹ genannt hätte. »Beschweigen, das ist auch so eine Erfindung von dir. Ein Band besprechen würde ich mal gern – aber beschweigen...« | Murke war aufgestanden und hatte den Bandapparat abgestellt. »Ach Rina«, sagte er, »wenn du wüßtest, wie kostbar mir dein Schweigen ist. Abends, wenn ich müde bin, wenn ich hier sitzen muß, lasse ich mir dein Schweigen ablaufen. Bitte sei nett und beschweige mir wenigstens noch drei Minuten und erspare mir das Schneiden; du weißt doch, was Schneiden für mich bedeutet.« – »Meinetwegen«, sagte das Mädchen, »aber gib mir wenigstens eine Zigarette.« | Murke lächelte, gab ihr eine Zigarette und sagte: »So habe ich dein Schweigen im Original und auf Band, das ist großartig.« | Er stellte das Band wieder ein, und beide saßen schweigend einander gegenüber, bis das Telefon klingelte. Murke stand auf, zuckte hilflos die Achseln und nahm den Hörer auf. | »Also«, sagte Humkoke, »die Vorträge sind glatt durchgelaufen, der Chef hat nichts Negatives gesagt... Sie können ins Kino gehen. – Und denken Sie an den Schnee.« | »An welchen Schnee?« fragte Murke und blickte hinaus auf die Straße, die in der grellen Sommersonne lag. | »Mein Gott«, sagte Humkoke, »Sie wissen doch, daß wir jetzt anfangen müssen, an das Winterprogramm zu denken. Ich brauche Schneelieder, Schneegeschichten – wir können doch nicht immer und ewig auf Schubert und

Stifter herumhocken. – Kein Mensch scheint zu ahnen, wie sehr es uns gerade an Schneeliedern und Schneegeschichten fehlt. Stellen Sie sich einmal vor, wenn es einen harten und langen Winter mit viel Schnee und Kälte gibt: wo nehmen wir unsere Schneesendungen her? Lassen Sie sich irgend etwas Schneeiges einfallen.«
| »Ja«, sagte Murke, »ich lasse mir etwas einfallen.« Humkoke hatte eingehängt. | »Komm«, sagte er zu dem Mädchen, »wir können ins Kino gehen.« | »Darf ich jetzt wieder sprechen«, sagte das Mädchen. »Ja«, sagte Murke, »sprich!«

Um diese Zeit hatte der Hilfsregisseur der Hörspielabteilung das Kurzhörspiel, das am Abend laufen sollte, noch einmal abgehört. Er fand es gut, nur der Schluß hatte ihn nicht befriedigt. Er saß in der Glaskanzel des Studios dreizehn neben dem Techniker, kaute an einem Streichholz und studierte das Manuskript.
(Akustik in einer großen leeren Kirche)
Atheist: *(spricht laut und klar) Wer denkt noch an mich, wenn ich der Würmer Raub geworden bin?*
(Schweigen)
Atheist: *(um eine Nuance lauter sprechend) Wer wartet auf mich, wenn ich wieder zu Staub geworden bin?*
(Schweigen)
Atheist: *(noch lauter) Und wer denkt noch an mich, wenn ich wieder zu Laub geworden bin?*
(Schweigen)

Es waren zwölf solcher Fragen, die der Atheist in die Kirche hineinschrie, und hinter jeder Frage stand: Schweigen. | Der Hilfsregisseur nahm das durchgekaute Streichholz aus dem Munde, steckte ein frisches in den Mund und sah den Techniker fragend an. | »Ja«, sagte der Techniker, »wenn Sie mich fragen: ich finde, es ist ein bißchen viel Schweigen drin.« | »Das fand ich auch«, sagte der Hilfsregisseur, »sogar der Autor findet es und hat mich ermächtigt, es zu ändern. Es soll einfach eine Stimme sagen: Gott – aber es müßte eine Stimme ohne die Akustik der Kirche sein, sie müßte sozusagen in einem anderen akustischen Raum sprechen. Aber sagen Sie mir, wo krieg ich jetzt die Stimme her?« | Der Techniker lächelte, griff nach der Zigarettendose, die immer noch oben im Regal stand. »Hier«, sagte er, »hier ist eine Stimme, die in einem akustikfreien Raum ›Gott‹ sagt«. | Der Hilfsregisseur schluckte vor Überraschung das Streichholz hinunter, würgte ein wenig und hatte es wieder vorn im Mund. »Es ist ganz harmlos«, sagte der Techniker lächelnd, »wir haben es aus einem Vortrag herausschneiden müssen, siebenundzwanzigmal.« | »So oft brauche ich es gar nicht, nur zwölfmal«, sagte der Hilfsregisseur. | »Es ist natürlich einfach«, sagte der Techniker, »das Schweigen rauszuschneiden und zwölfmal Gott reinzukleben – wenn Sie's verantworten können.« | »Sie sind ein Engel«, sagte der Hilfsregisseur, »und ich kann es verantworten. Los, fangen wir an.« Er blickte glücklich auf die sehr kleinen, glanzlosen Bandschnippel in Murkes Zigarettenschachtel. »Sie sind wirklich ein Engel«, sagte er, »los, gehen wir ran!« | Der Techniker lächelte, denn er freute sich auf die Schnippel Schweigen, die er Murke würde schenken können: es war viel Schweigen, im ganzen fast eine Minute; soviel Schweigen hatte er Murke noch nie schenken können, und er mochte den jungen Mann. | »Schön«, sagte er lächelnd, »fangen wir an.« | Der Hilfsregisseur griff in seine Rocktasche, nahm seine Zigarettenschachtel heraus; er hatte aber gleichzeitig ein zerknittertes Zettelchen gepackt, glättete es und hielt es dem Techniker hin: »Ist es nicht komisch, was für kitschige Sachen man im Funkhaus finden kann? Das habe ich an meiner Tür gefunden.« | Der Techniker nahm das Bild, sah es sich an und sagte: | »Ja, komisch«, und er las laut, was darunter stand: | *Ich betete für Dich in Sankt Jacobi.*

Geschäft ist Geschäft

Mein Schwarzhändler ist jetzt ehrlich geworden; ich hatte ihn lange nicht gesehen, schon seit Monaten nicht, und nun entdeckte ich ihn heute in einem ganz anderen Stadtteil, an einer verkehrsreichen Straßenkreuzung. Er hat dort eine Holzbude, wunderbar weißlackiert mit sehr solider Farbe; ein prachtvolles, stabiles, nagelneues Zinkdach schützt ihn vor Regen und Kälte, und er verkauft Zigaretten, Dauerlutscher, alles jetzt legal. Zuerst habe ich mich gefreut; man freut sich doch, wenn jemand in die Ordnung des Lebens zurückgefunden hat. Denn damals, als ich ihn kennenlernte, ging es ihm schlecht, und wir waren traurig. Wir hatten unsere alten Soldatenkappen über der Stirn, und wenn ich gerade Geld hatte, ging ich zu ihm, und wir sprachen manchmal miteinander, vom Hunger, vom Krieg; und er schenkte mir manchmal eine Zigarette, wenn ich kein Geld hatte; ich brachte ihm dann schon einmal Brotmarken mit, denn ich kloppte gerade Steine für einen Bäcker, damals. | Jetzt schien es ihm gut zu gehen. Er sah blendend aus. Seine Backen hatten jene Festigkeit, die nur von regelmäßiger Fettzufuhr herrühren kann, seine Miene war selbstbewußt, und ich beobachtete, daß er ein kleines, schmutziges Mädchen mit heftigen Schimpfworten bedachte und wegschickte, weil ihm fünf Pfennig zu einem Dauerlutscher fehlten. Dabei fletschte er dauernd mit der Zunge im Mund herum, als hätte er stundenlang Fleischfasern aus den Zähnen zu zerren. | Er hatte viel zu tun; sie kauften viele Zigaretten bei ihm, auch Dauerlutscher. | Vielleicht hätte ich es nicht tun sollen – ich ging zu ihm, sagte »Ernst« zu ihm und wollte mit ihm sprechen. Damals hatten wir uns alle geduzt, und die Schwarzhändler sagten auch du zu einem. Er war sehr erstaunt, sah mich merkwürdig an und sagte: »Wie meinen Sie?« Ich sah, daß er mich erkannte, daß ihm selbst aber wenig daran lag, nun erkannt zu werden. | Ich schwieg. Ich tat so, als hätte ich nie Ernst zu ihm gesagt, kaufte ein paar Zigaretten, denn ich hatte gerade etwas Geld, und ging. Ich beobachtete ihn noch eine Zeitlang; meine Bahn kam nicht, und ich hatte auch gar keine Lust, nach Hause zu gehen. Zu Hause kommen immer Leute, die Geld haben wollen; meine Wirtin für die Miete und der Mann, der das Geld für den Strom kassiert. Außerdem darf ich zu Hause nicht rauchen; meine Wirtin riecht alles, sie ist dann sehr böse, und ich bekomme zu hören, daß ich wohl Geld für Tabak, aber keins für die Miete habe. Denn es ist eine Sünde, wenn die Armen rauchen oder Schnaps trinken. Ich weiß, daß es Sünde ist, deshalb tue ich es heimlich, ich rauche draußen, und nur manchmal, wenn ich wach liege und alles still ist, wenn ich weiß, daß bis morgens der Rauch nicht mehr zu riechen ist, dann rauche ich auch zu Hause. | Das Furchtbare ist, daß ich keinen Beruf habe. Man muß ja jetzt einen Beruf haben. Sie sagen es. Damals sagten sie alle, es wäre nicht nötig, wir brauchten nur Soldaten. Jetzt sagen sie, daß man einen Beruf haben muß. Ganz plötzlich. Sie sagen, man ist faul, wenn man keinen Beruf hat. Aber es stimmt nicht. Ich bin nicht faul, aber die Arbeiten, die sie von mir verlangen, will ich nicht tun. Schutt räumen und Steine tragen und so. Nach zwei Stunden bin ich schweißüberströmt, es schwindelt mir vor den Augen, und wenn ich dann zu den Ärzten komme, sagen sie, es ist nichts. Vielleicht sind es die Nerven. Sie reden jetzt viel von Nerven. Aber ich glaub, es ist Sünde, wenn die Armen Nerven haben. Arm sein und Nerven haben, ich glaube, das ist mehr, als sie vertragen. Meine Nerven sind aber bestimmt hin; ich war zu lange Soldat. Neun Jahre, glaube ich. Vielleicht mehr, ich weiß nicht genau. Damals hätte ich gern einen Beruf gehabt, ich hatte große Lust, Kaufmann zu werden. Aber damals – wozu davon reden; jetzt habe ich nicht einmal mehr Lust, Kaufmann zu werden. Am liebsten liege ich auf dem Bett und träume. Ich rechne mir dann aus, wieviel hunderttausend Arbeitstage sie an so einer Brücke bauen oder an einem großen Haus, und ich denke daran, daß sie in einer einzigen Minute Brücke und Haus kaputtschmeißen können. Wozu da noch arbeiten? Ich finde es sinnlos, da noch zu arbeiten. Ich glaube, das ist es, was mich verrückt macht, wenn ich Steine tragen muß oder Schutt räumen, damit sie wieder ein Café bauen können. Ich sagte eben, es wären die Nerven, aber ich glaube, das ist es: daß es sinnlos ist. | Im Grunde genommen ist mir egal, was sie denken. Aber es ist schrecklich, nie Geld zu haben. Man muß einfach Geld haben. Man kommt nicht daran vorbei. Da ist ein Zähler, und man hat eine Lampe, manchmal braucht man natürlich Licht, knipst an, und schon fließt das Geld oben aus der Birne heraus. Auch wenn man kein Licht braucht, muß man bezahlen, Zählermiete. Überhaupt: Miete. Man muß anscheinend ein Zimmer haben. Zuerst habe ich in einem Keller gewohnt, da war es nicht übel, ich hatte einen Ofen und klaute mir Briketts; aber da haben sie mich aufgestöbert, sie kamen von der Zeitung, haben mich geknipst, einen Artikel geschrieben mit meinem Bild: Elend eines Heimkehrers. Ich mußte einfach umziehen. Der Mann vom Wohnungsamt sagte, es wäre eine Prestigefrage für ihn, und ich mußte das Zimmer nehmen. Manchmal verdiene ich natürlich auch Geld. Das ist klar. Ich mache Besorgungen, trage Briketts und stapele sie fein säuberlich in eine Kellerecke. Ich kann wunderbar Briketts stapeln, ich mache es auch billig. Natürlich verdiene ich nicht viel, es langt nie für die Miete, manchmal für den Strom, ein paar Zigaretten und Brot... | Als ich jetzt an der Ecke stand, dachte ich an alles. | Mein Schwarzhändler, der jetzt ehrlich geworden ist, sah mich manchmal mißtrauisch an. Dieses Schwein kennt mich ganz genau, man kennt sich doch, wenn man zwei Jahre fast täglich miteinander gesprochen hat. Vielleicht

glaubt er, ich wollte bei ihm klauen. So dumm bin ich nicht, da zu klauen, wo es von Menschen wimmelt und wo jede Minute eine Straßenbahn ankommt, wo sogar ein Schupo an der Ecke steht. Ich klaue an ganz anderen Stellen: natürlich klaue ich manchmal, Kohlen und so. Auch Holz. Neulich habe ich sogar ein Brot in einer Bäckerei geklaut. Es ging unheimlich schnell und einfach. Ich nahm einfach das Brot und ging hinaus, ich bin ruhig gegangen, erst an der nächsten Ecke habe ich angefangen zu laufen. Man hat eben keine Nerven mehr.
| Ich klaue doch nicht an einer solchen Ecke, obwohl das manchmal einfach ist, aber meine Nerven sind dahin. Es kamen viele Bahnen, auch meine, und ich habe ganz genau gesehen, wie Ernst mir zuschielte, als meine kam. Dieses Schwein weiß noch ganz genau, welche Bahn meine ist! | Aber ich warf die Kippe von der ersten Zigarette weg, machte eine zweite an und blieb stehen. So weit bin ich also schon, daß ich die Kippen wegschmeiße. Doch es schlich da jemand herum, der die Kippen aufhob, und man muß auch an die Kameraden denken. Es gibt noch welche, die Kippen aufheben. Es sind nicht immer dieselben. In der Gefangenschaft sah ich Obersten, die Kippen aufhoben, der da aber war kein Oberst. Ich habe ihn beobachtet. Er hatte sein System, wie eine Spinne, die im Netz hockt, hatte er irgendwo in einem Trümmerhaufen sein Standquartier, und wenn gerade eine Bahn angekommen oder abgefahren war, kam er heraus und ging seelenruhig am Bordstein vorbei und sammelte die Kippen ein. Am

liebsten wäre ich zu ihm gegangen und hätte mit ihm gesprochen, ich fühle, daß ich zu ihm gehöre: aber ich weiß, das ist sinnlos; diese Burschen sagen nichts. | Ich weiß nicht, was mit mir los war, aber ich hatte an diesem Tage gar keine Lust, nach Hause zu fahren. Schon das Wort: zu Hause. Es war mir jetzt alles egal, ich ließ noch eine Bahn fahren und machte noch eine Zigarette an. Ich weiß nicht, was uns fehlt. Vielleicht entdeckt es eines Tages ein Professor und schreibt es in die Zeitung: sie haben für alles eine Erklärung. Ich wünsche nur, ich hätte noch die Nerven zum Klauen wie im Krieg. Damals ging es schnell und glatt. Damals, im Krieg, wenn es etwas zu klauen gab, mußten wir immer klauen gehen: da hieß es: der macht das schon, und wir sind klauen gegangen. Die anderen haben nur mitgefressen, mitgesoffen, haben es nach Hause geschickt und alles, aber sie hatten nicht geklaut. Ihre Nerven waren tadellos, und die weiße Weste war tadellos. | Und als wir nach Hause kamen, sind sie aus dem Krieg ausgestiegen wie aus einer Straßenbahn, die gerade dort etwas langsamer fuhr, wo sie wohnten, sie sind abgesprungen, ohne den Fahrpreis zu bezahlen. Sie haben eine kleine Kurve genommen, sind eingetreten, und siehe da: das Vertiko stand noch, es war nur ein bißchen Staub in der Bibliothek, die Frau hatte Kartoffeln im Keller, auch Eingemachtes: man umarmte sie ein bißchen, wie es sich gehörte, und am nächsten Morgen ging man fragen: ob die Stelle noch frei war: die Stelle war noch frei. Es war alles tadellos, die

Krankenkasse lief weiter, man ließ sich ein bißchen entnazisieren – so wie man zum Friseur geht, um den lästigen Bart abnehmen zu lassen –, man erzählte von Orden, Verwundungen, Heldentaten und fand, daß man schließlich doch ein Prachtbengel sei: man hat letzten Endes nichts als seine Pflicht getan. Es gab sogar wieder Wochenkarten bei der Straßenbahn, das beste Zeichen, daß wirklich alles in Ordnung war. | Wir aber fuhren inzwischen weiter mit der Straßenbahn und warteten, ob irgendwo eine Station käme, die uns bekannt genug vorgekommen wäre, daß wir auszusteigen riskiert hätten: die Haltestelle kam nicht. Manche fuhren noch ein Stück mit, aber sie sprangen auch bald irgendwo ab und taten jedenfalls so, als wenn sie am Ziel wären. | Wir aber fuhren weiter und weiter, der Fahrpreis erhöhte sich automatisch, und wir hatten außerdem für großes und schweres Gepäck den Preis zu entrichten: für die bleierne Masse des Nichts, die wir mitzuschleppen hatten; und es kamen eine Menge Kontrolleure, denen wir achselzuckend unsere leeren Taschen zeigten. Runterschmeißen konnten sie uns ja nicht, die Bahn fuhr zu schnell – »und wir sind ja Menschen« –, aber wir wurden aufgeschrieben, aufgeschrieben, immer wieder wurden wir notiert, die Bahn fuhr immer schneller; die raffiniert waren, sprangen schnell noch ab, irgendwo, immer weniger wurden wir, und immer weniger hatten wir Mut und Lust auszusteigen. Insgeheim hatten wir uns vorgenommen, das Gepäck in der Straßenbahn stehenzulassen, es dem Fundbüro zur Versteigerung zu überlassen, sobald wir an der Endstation angekommen wären; aber die Endstation kam nicht, der Fahrpreis wurde immer teurer, das Tempo immer schneller, die Kontrolleure immer mißtrauischer, wir sind eine äußerst verdächtige Sippschaft. | Ich warf auch die Kippe von der dritten Zigarette weg und ging langsam auf die Haltestelle zu; ich wollte jetzt nach Hause fahren. Mir wurde schwindelig: man sollte nicht auf den nüchternen Magen so viel rauchen, ich weiß. Ich blickte nicht mehr dorthin, wo mein ehemaliger Schwarzhändler jetzt einen legalen Handel betreibt; gewiß habe ich kein Recht, böse zu sein; er hat es geschafft, er ist abgesprungen, sicher im richtigen Augenblick, aber ich weiß nicht, ob es dazu gehört, die Kinder anzuschnauzen, denen fünf Pfennig zu einem Dauerlutscher fehlen. Vielleicht gehört das zum legalen Handel: ich weiß nicht. | Kurz bevor meine Straßenbahn kam, ging auch der Kumpel wieder seelenruhig vorne am Bordstein vorbei und schritt die Front der Wartenden ab, um die Kippen aufzusammeln. Sie sehen das nicht gern, ich weiß. Es wäre ihnen lieber, es gäbe das nicht, aber es gibt es... | Erst als ich einstieg, habe ich noch einmal Ernst angesehen, aber er hat weggeguckt und laut geschrien: Schokolade, Bon-Bons, Zigaretten, alles frei! Ich weiß nicht, was los ist, aber ich muß sagen, daß er mir früher besser gefallen hat, wo er nicht jemand wegschicken brauchte, dem fünf Pfennig fehlten; aber jetzt hat er ja ein richtiges Geschäft, und Geschäft ist Geschäft.

Wanderer, kommst Du nach Spa...

Als der Wagen hielt, brummte der Motor noch eine Weile; draußen wurde irgendwo ein großes Tor aufgerissen, Licht fiel durch das zertrümmerte Fenster in das Innere des Wagens, und ich sah jetzt, daß auch die Glühbirne oben an der Decke zerfetzt war; nur ihr Gewinde stak noch in der Schrauböffnung, ein paar flimmernde Drähtchen mit Glasresten. Dann hörte der Motor auf zu brummen, und draußen schrie eine Stimme: »Die Toten hierhin, habt ihr Tote dabei?« »Verflucht«, rief der Fahrer zurück, »verdunkelt ihr schon nicht mehr?« | »Da nützt kein Verdunkeln mehr, wenn die ganze Stadt wie eine Fackel brennt«, schrie die fremde Stimme. »Ob ihr Tote habt, habe ich gefragt?« | »Weiß nicht.« | »Die Toten hierhin, hörst du? Und die anderen die Treppe hinauf in den Zeichensaal, verstehst du?« | »Ja, ja.« | Aber ich war noch nicht tot, ich gehörte zu den anderen, und sie trugen mich die Treppe hinauf. Erst ging es in einen langen, schwach beleuchteten Flur, dessen Wände mit grüner Ölfarbe gestrichen waren; krumme, schwarze, altmodische Kleiderhaken waren in die Wände eingelassen, und da waren Türen mit Emailleschildchen: VIa und VIb, und zwischen diesen Türen hing, sanftglänzend unter Glas in einem schwarzen Rahmen, die Medea von Feuerbach und blickte in die Ferne; dann kamen Türen mit Va und Vb, und dazwischen hing ein Bild des Dornausziehers, eine wunderbare rötlich schimmernde Photographie in braunem Rahmen. | Auch die große Säule in der Mitte vor dem Treppenaufgang war da, und hinter ihr, lang und schmal, wunderbar gemacht, eine Nachbildung des Parthenonfrieses in Gips, gelblich schimmernd, echt, antik, und alles kam, wie es kommen mußte: der griechische Hoplit, bunt und gefährlich, wie ein Hahn sah er aus: gefiedert, und im Treppenhaus selbst, auf dieser Wand, die hier mit gelber Ölfarbe gestrichen war, da hingen sie alle der Reihe nach: vom Großen Kurfürsten bis Hitler... | Und dort, in diesem schmalen kleinen Gang, wo ich endlich wieder für ein paar Schritte gerade auf meiner Bahre lag, da war das besonders schöne, besonders große, besonders bunte Bild des Alten Fritzen mit der himmelblauen Uniform, den strahlenden Augen und dem großen, golden glänzenden Stern auf der Brust. | Wieder lag ich dann schief auf der Bahre und wurde vorbeigetragen an den Rassegesichtern: da war der nordische Kapitän mit dem Adlerblick und dem dummen Mund, die westische Moselanerin, ein bißchen hager und scharf, der ostische Grinser mit der Zwiebelnase und das lange adamsapfelige Bergfilmprofil; und dann kam wieder ein Flur, wieder lag ich für ein paar Schritte gerade auf meiner Bahre, und bevor die Träger in die zweite Treppe hineinschwenkten, sah ich es noch eben: Das Kriegerdenkmal mit dem großen, goldenen Eisernen Kreuz obendrauf und dem steinernen Lorbeerkranz. | Das ging alles sehr schnell: ich bin nicht schwer, und die Träger rasten. Immerhin: alles konnte auch Täuschung sein; ich hatte hohes Fieber, hatte überall Schmerzen. Im Kopf, in den Armen und Beinen, und mein Herz schlug wie verrückt; was sieht man nicht alles im Fieber! | Aber als wir an den Rassegesichtern vorbei waren, kam alles andere: die drei Büsten von Caesar, Cicero, Marc Aurel, brav nebeneinander, wunderbar nachgemacht, ganz gelb und echt, antik und würdig standen sie an der Wand, und auch die Hermessäule kam, als wir um die Ecke schwenkten, und ganz hinten im Flur – der Flur war hier rosenrot gestrichen –, ganz, ganz hinten im Flur hing die große Zeusfratze über dem Eingang zum Zeichensaal; doch die Zeusfratze war noch weit. Rechts sah ich durch das Fenster den Feuerschein, der ganze Himmel war rot, und schwarze, dicke Wolken von Qualm zogen feierlich vorüber... | Und wieder mußte ich links sehen, und wieder sah ich Schildchen über den Türen OIa OIb, und zwischen den bräunlichen muffigen Türen sah ich nur Nietzsches Schnurrbart und seine Nasenspitze in einem goldenen Rahmen, denn sie hatten die andere Hälfte des Bildes mit einem Zettel überklebt, auf dem zu lesen war: »Leichte Chirurgie«... | »Wenn jetzt«, dachte ich flüchtig ... »Wenn jetzt«, aber da war es schon: das Bild von Togo: bunt und groß, flach wie ein alter Stich, ein prachtvoller

Druck, und vorne, vor den Kolonialhäusern, vor den Negern und dem Soldaten, der da sinnlos mit seinem Gewehr herumstand, vor allem war das große, ganz naturgetreu abgebildete Bündel Bananen: links ein Bündel, rechts ein Bündel, und auf der mittleren Banane im rechten Bündel, da war etwas hingekritzelt, ich sah es; ich selbst mußte es hingeschrieben haben... | Aber nun wurde die Tür zum Zeichensaal aufgerissen, und ich schwebte unter der Zeusbüste hinein und schloß die Augen. Ich wollte nichts mehr sehen. Der Zeichensaal roch nach Jod, Scheiße, Mull und Tabak, und es war laut. Sie setzten mich ab, und ich sagte zu den Trägern: »Steck mir 'ne Zigarette in den Mund, links oben in der Tasche.« | Ich spürte, wie einer mir an der Tasche herumfummelte, dann zischte ein Streichholz, und ich hatte die brennende Zigarette im Mund. Ich zog daran. »Danke«, sagte ich. | »Alles das«, dachte ich, »ist kein Beweis. Letzten Endes gibt es in jedem Gymnasium einen Zeichensaal, Gänge, in denen krumme, alte Kleiderhaken in grün und gelbgestrichene Wände eingelassen sind; letzten Endes ist es kein Beweis, daß ich in meiner Schule bin, wenn die Medea zwischen VIa und VIb hängt und Nietzsches Schnurrbart zwischen OIa und OIb. Gewiß gibt es eine Vorschrift, die besagt, daß er da hängen muß. Hausordnung für humanistische Gymnasien in Preußen: Medea zwischen VIa und VIb, Dornauszieher dort, Caesar, Marc Aurel und Cicero im Flur und Nietzsche oben, wo sie schon Philosophie lernen. Parthenonfries, ein

buntes Bild von Togo. Dornauszieher und Parthenonfries sind schließlich gute, alte, generationenlang bewährte Schulrequisiten, und gewiß bin ich nicht der einzige, der den Einfall gehabt hat, auf eine Banane zu schreiben: Es lebe Togo. Auch die Witze, die sie in den Schulen machen, sind immer dieselben. Und außerdem besteht die Möglichkeit, daß ich Fieber habe, daß ich träume.« | Schmerzen hatte ich jetzt nicht mehr. Im Auto war es noch schlimm gewesen; wenn sie durch die kleinen Schlaglöcher fuhren, schrie ich jedesmal; da waren die großen Trichter schon besser: das Auto hob und senkte sich wie ein Schiff in einem Wellental. Aber jetzt schien die Spritze schon zu wirken, die sie mir irgendwo im Dunkeln in den Arm gehauen hatten: ich hatte gespürt, wie die Nadel sich durch die Haut bohrte und wie es unten am Bein ganz heiß wurde. |
»Es kann ja nicht wahr sein«, dachte ich, »so viele Kilometer kann das Auto ja gar nicht gefahren sein: fast dreißig. Und außerdem: du spürst nichts: kein Gefühl sagt es dir: nur die Augen; kein Gefühl sagt dir, daß du in deiner Schule bist, in deiner Schule, die du vor drei Monaten erst verlassen hast. Acht Jahre sind keine Kleinigkeit, solltest du nach acht Jahren das alles nur mit den Augen erkennen?« | Hinter meinen geschlossenen Lidern sah ich alles noch einmal, wie ein Film lief es ab: unterer Flur, grüngestrichen, Treppe rauf, gelbgestrichen, Kriegerdenkmal, Flur, Treppe rauf, Caesar, Cicero, Marc Aurel ... Hermes, Nietzscheschnurrbart, Togo, Zeusfratze... | Ich spuckte meine Zigarette aus

und schrie; es war immer gut, zu schreien; man mußte
nur laut schreien; schreien war herrlich, ich schrie wie
verrückt. Als sich jemand über mich beugte, machte
ich immer noch nicht die Augen auf; ich spürte einen
fremden Atem, warm und widerlich roch er nach Ta-
bak und Zwiebeln, und eine Stimme fragte ruhig: »Was
ist denn?« | »Was zu trinken«, sagte ich, »und noch 'ne
Zigarette, die Tasche oben.« | Wieder fummelte einer
an meiner Tasche herum, wieder zischte ein Streichholz, und jemand steckte mir 'ne brennende Zigarette
in den Mund. | »Wo sind wir?« fragte ich. | »In Ben-
dorf.« | »Danke«, sagte ich und zog. | Immerhin schien
ich wirklich in Bendorf zu sein, zu Hause also, und
wenn ich nicht außergewöhnlich hohes Fieber hatte,
stand wohl auch fest, daß ich in einem humanistischen
Gymnasium war: eine Schule war es bestimmt. Hatte
die Stimme unten nicht geschrien: »Die anderen in den
Zeichensaal!«? Ich war ein anderer, ich lebte, die leb-
ten, waren offenbar die anderen. Der Zeichensaal war
also da, und wenn ich richtig hörte, warum sollte ich
nicht richtig sehen, und dann stimmte es wohl auch,
daß ich Caesar, Cicero und Marc Aurel erkannt hatte,
und das konnte nur in einem humanistischen Gymnasium sein; ich glaube nicht, daß sie diese Kerle in den
anderen Schulen auf den Fluren an die Wand stellen. |
Endlich brachte er mir Wasser: wieder roch ich den
Tabak- und Zwiebelatem aus seinem Gesicht, und ich
machte, ohne es zu wollen, die Augen auf: da war ein
müdes, altes, unrasiertes Gesicht über einer Feuerwehr-

uniform, und eine alte Stimme sagte leise: »Trink, Kamerad.« | Ich trank; es war Wasser, aber Wasser ist herrlich; ich spürte den metallenen Geschmack des Kochgeschirrs auf meinen Lippen, und es war schön zu spüren, welch eine Menge Wasser noch nachdrängte, aber der Feuerwehrmann riß mir das Kochgeschirr von den Lippen und ging: ich schrie, aber er wandte sich nicht um, zuckte nur müde die Schultern und ging weiter; einer, der neben mir lag, sagte ruhig: »Hat gar keinen Zweck zu brüllen, sie haben nicht mehr Wasser; die Stadt brennt, du siehst es doch.« Ich sah es durch die Verdunkelung hindurch, es glühte und wummerte hinter den schwarzen Vorhängen, Rot hinter Schwarz, wie in einem Ofen, auf den man neue Kohlen geschüttet hat. Ich sah es: ja, die Stadt brannte. | »Wie heißt die Stadt?« fragte ich den, der neben mir lag. »Bendorf«, sagte er. | »Danke.« | Ich blickte ganz gerade vor mich hin auf die Fensterreihe, und manchmal zur Dekke. Die Decke war noch tadellos, weiß und glatt, mit einem schmalen klassizistischen Stuckrand; aber sie haben doch in allen Schulen klassizistische Stuckränder an den Decken in den Zeichensälen, wenigstens in den guten, alten humanistischen Gymnasien. Das ist doch klar. | Ich mußte mir jetzt zugestehen, daß ich im Zeichensaal eines humanistischen Gymnasiums in Bendorf lag. Bendorf hatte drei humanistische Gymnasien: die Schule »Friedrich der Große«, die Albertus-Schule und – vielleicht brauche ich es nicht zu erwähnen –, aber die letzte, die dritte war die Adolf-Hitler-Schule.

Hing nicht in der Schule »Friedrich der Große« das Bild des Alten Fritz besonders bunt, besonders schön, besonders groß im Treppenhaus? Ich war auf dieser Schule gewesen, acht Jahre lang, aber warum konnte nicht in den anderen Schulen dieses Bild genauso an derselben Stelle hängen, so deutlich und auffallend, daß es den Blick fangen mußte, wenn man die erste Treppe hinaufstieg? | Draußen hörte ich jetzt die schwere Artillerie schießen. Sonst war es fast ruhig; nur manchmal drang das Fressen der Flammen durch, und im Dunkeln stürzte irgendwo ein Giebel ein. Die Artillerie schoß ruhig und regelmäßig, und ich dachte: Gute Artillerie! Ich weiß, das ist gemein, aber ich dachte es. Mein Gott, wie beruhigend war die Artillerie, wie gemütlich: dunkel und rauh, ein sanftes, fast feines Orgeln. Irgendwie vornehm. Ich finde, die Artillerie hat etwas Vornehmes, auch wenn sie schießt. Es hört sich so anständig an, richtig nach Krieg in den Bilderbüchern... Dann dachte ich daran, wieviel Namen wohl auf dem Kriegerdenkmal stehen würden, wenn sie es wieder einweihten, mit einem noch größeren goldenen Eisernen Kreuz darauf und einem noch größeren steinernen Lorbeerkranz, und plötzlich wußte ich es: wenn ich wirklich in meiner alten Schule war, würde mein Name auch darauf stehen, eingehauen in Stein, und im Schulkalender würde hinter meinem Namen stehen – »zog von der Schule ins Feld und fiel für...« | Aber ich wußte noch nicht, wofür, und wußte noch nicht, ob ich in meiner alten Schule war. Ich wollte es jetzt unbedingt herauskriegen. Am Kriegerdenkmal war auch nichts Besonderes gewesen, nichts Auffallendes, es war wie überall, es war ein Konfektionskriegerdenkmal, ja, sie bekamen sie aus irgendeiner Zentrale... | Ich sah mir den Zeichensaal an, aber die Bilder hatten sie abgehängt, und was ist schon an ein paar Bänken zu sehen, die in einer Ecke gestapelt sind, und an den Fenstern, schmal und hoch, viele nebeneinander, damit viel Licht hereinfällt, wie es sich für einen Zeichensaal gehört? Mein Herz sagte mir nichts. Hätte es nicht etwas gesagt, wenn ich in dieser Bude gewesen wäre, wo ich acht Jahre lang Vasen gezeichnet und Schriftzeichen geübt hatte, schlanke, feine, wunderbar nachgemachte römische Glasvasen, die der Zeichenlehrer vorne auf einen Ständer setzte, und Schriften aller Art, Rundschrift, Antiqua, Römisch, Italienne. Ich hatte diese Stunden gehaßt wie nichts in der ganzen Schule, ich hatte die Langeweile gefressen stundenlang, und niemals hatte ich Vasen zeichnen können oder Schriftzeichen malen. Aber wo waren meine Flüche, wo war mein Haß angesichts dieser dumpfgetönten, langweiligen Wände? Nichts sprach in mir, und ich schüttelte stumm den Kopf. | Immer wieder hatte ich radiert, den Bleistift gespitzt, radiert... nichts... | Ich wußte nicht genau, wie ich verwundet war; ich wußte nur, daß ich meine Arme nicht bewegen konnte und das rechte Bein nicht, nur das linke ein bißchen; ich dachte, sie hätten mir die Arme an den Leib gewickelt, so fest, daß ich sie nicht bewegen konnte. | Ich spuckte die zweite Zigarette in den Gang zwischen den Strohsäcken und versuchte, meine Arme zu bewegen, aber es tat so weh, daß ich schreien mußte; ich schrie weiter; es war immer wieder schön, zu schreien; ich hatte auch Wut, weil ich die Arme nicht bewegen konnte. | Dann stand der Arzt vor mir; er hatte die Brille abgenommen und blinzelte mich an; er sagte nichts; hinter ihm stand der Feuerwehrmann, der mir das Wasser gegeben hatte. Er flüsterte dem Arzt etwas ins Ohr, und der Arzt setzte die Brille auf: deutlich sah ich seine großen grauen Augen mit den leise zitternden Pupillen hinter den dicken Brillengläsern. Er sah mich lange an, so lange, daß ich wegsehen mußte, und er sagte leise: »Augenblick, Sie sind gleich an der Reihe...« | Dann hoben sie den auf, der neben mir lag, und trugen ihn hinter die Tafel; ich blickte ihnen nach: sie hatten die Tafel auseinandergezogen und quer gestellt und die Lücke zwischen Wand und Tafel mit einem Bettuch zugehängt; dahinter brannte grelles Licht... | Nichts war zu hören, bis das Tuch wieder beiseite geschlagen und der, der neben mir gelegen hatte, hinausgetragen wurde; mit müden, gleichgültigen Gesichtern schleppten die Träger ihn zur Tür. | Ich schloß wieder die Augen und dachte: »Du mußt doch herauskriegen, was du für eine Verwundung hast und ob du in deiner alten Schule bist.« | Mir kam das alles so kalt und gleichgültig vor, als hätten sie mich durch das Museum einer Totenstadt getragen, durch eine Welt, die mir ebenso gleichgültig wie fremd war, obwohl meine Augen sie erkannten, nur

meine Augen; es konnte doch nicht wahr sein, daß ich vor drei Monaten noch hier gesessen, Vasen gezeichnet und Schriften gemalt hatte, daß ich in den Pausen hinuntergegangen war mit meinem Marmeladenbutterbrot, vorbei an Nietzsche, Hermes, Togo, Caesar, Cicero, Marc Aurel, ganz langsam bis in den Flur unten, wo die Medea hing, dann zum Hausmeister, zu Birgeler, um Milch zu trinken, Milch in diesem dämmerigen kleinen Stübchen, wo man es auch riskieren konnte, eine Zigarette zu rauchen, obwohl es verboten war. Sicher trugen sie den, der neben mir gelegen hatte, unten hin, wo die Toten lagen, vielleicht lagen die Toten in Birgelers grauem kleinen Stübchen, wo es nach warmer Milch roch, nach Staub und Birgelers schlechtem Tabak... |
Endlich kamen die Träger wieder herein, und jetzt hoben sie mich auf und trugen mich hinter die Tafel. Ich schwebte wieder, jetzt an der Tür vorbei, und im Vorbeischweben sah ich, daß auch das stimmte: über der Tür hatte einmal ein Kreuz gehangen, als die Schule noch Thomas-Schule hieß, und damals hatten sie das Kreuz weggemacht, aber da blieb ein frischer dunkelgelber Flecken an der Wand, kreuzförmig, hart und klar, der fast noch deutlicher zu sehen war als das alte, schwache, kleine Kreuz selbst, das sie abgehangen hatten; sauber und schön blieb das Kreuzzeichen auf der verschossenen Tünche der Wand. Damals hatten sie aus Wut die ganze Wand neu gepinselt, aber es hatte nichts genützt: der Anstreicher hatte den Ton nicht richtig getroffen: das Kreuz blieb da, bräunlich

und deutlich, aber die ganze Wand war rosa. Sie hatten geschimpft, aber es hatte nichts genützt: das Kreuz blieb da, braun und deutlich auf dem Rosa der Wand, und ich glaube, ihr Etat für Farbe war erschöpft, und sie konnten nichts machen. Das Kreuz war noch da, und wenn man genau hinsah, konnte man sogar noch eine deutliche Schrägspur über dem rechten Balken sehen, wo jahrelang der Buchsbaumzweig gehangen hatte, den der Hausmeister Birgeler dorthinter klemmte, als es noch erlaubt war, Kreuze in die Schulen zu hängen...
| Das alles fiel mir in der kleinen Sekunde ein, als ich an der Tür vorbeigetragen wurde hinter die Tafel, wo das grelle Licht brannte. | Ich lag auf dem Operationstisch und sah mich selbst ganz deutlich, aber sehr klein, zusammengeschrumpft, oben in dem klaren Glas der Glühbirne, winzig und weiß, ein schmales, mullfarbenes Paketchen wie ein außergewöhnlich subtiler Embryo: das war also ich da oben. | Der Arzt drehte mir den Rücken zu und stand an einem Tisch, wo er in Instrumenten herumkramte; breit und alt stand der Feuerwehrmann vor der Tafel und lächelte mich an; er lächelte müde und traurig, und sein bärtiges, schmutziges Gesicht war wie das Gesicht eines Schlafenden; an seiner Schulter vorbei auf der schmierigen Rückseite der Tafel sah ich etwas, was mich zum ersten Male, seitdem ich in diesem Totenhaus war, mein Herz spüren machte: irgendwo in einer geheimen Kammer meines Herzens erschrak ich tief und schrecklich, und es fing heftig an zu schlagen: da war meine Handschrift

an der Tafel. Oben in der obersten Zeile. Ich kenne meine Handschrift: es ist schlimmer, als wenn man sich im Spiegel sieht, viel deutlicher, und ich hatte keine Möglichkeit, die Identität meiner Handschrift zu bezweifeln. Alles andere war kein Beweis gewesen, weder Medea noch Nietzsche, nicht das dinarische Bergfilmprofil noch die Banane aus Togo, und nicht einmal das Kreuzzeichen über der Tür: das alles war in allen Schulen dasselbe, aber ich glaube nicht, daß sie in anderen Schulen mit meiner Handschrift an die Tafeln schreiben. Da stand er noch, der Spruch, den wir damals hatten schreiben müssen, in diesem verzweifelten Leben, das erst drei Monate zurücklag: Wanderer, kommst du nach Spa... | Oh, ich weiß, die Tafel war zu kurz gewesen, und der Zeichenlehrer hatte geschimpft, daß ich nicht richtig eingeteilt hatte, die Schrift zu groß gewählt, und er selbst hatte es kopfschüttelnd in der gleichen Größe darunter geschrieben: Wanderer, kommst du nach Spa... | Siebenmal stand es da: in meiner Schrift, in Antiqua, Fraktur, Kursiv, Römisch, Italienne und Rundschrift; siebenmal deutlich und unerbittlich: Wanderer, kommst du nach Spa... | Der Feuerwehrmann war jetzt beiseite getreten auf einen leisen Ruf des Arztes hin, so sah ich den ganzen Spruch, der nur ein bißchen verstümmelt war, weil ich die Schrift zu groß gewählt hatte, der Punkte zu viele. | Ich zuckte hoch, als ich einen Stich in den linken Oberschenkel spürte, ich wollte mich aufstützen, aber ich konnte es nicht: ich blickte an mir herab, und nun sah ich es: sie

hatten mich ausgewickelt, und ich hatte keine Arme mehr, auch kein rechtes Bein mehr, und ich fiel ganz plötzlich nach hinten, weil ich mich nicht aufstützen konnte; ich schrie; der Arzt und der Feuerwehrmann blickten mich entsetzt an, aber der Arzt zuckte nur die Schultern und drückte weiter auf den Kolben seiner Spritze, der langsam und ruhig nach unten sank; ich wollte wieder auf die Tafel blicken, aber der Feuerwehrmann stand nun ganz nah neben mir und verdeckte sie; er hielt mich an den Schultern fest, und ich roch nur den brandigen, schmutzigen Geruch seiner verschmierten Uniform, sah nur sein müdes, trauriges Gesicht, und nun erkannte ich ihn: es war Birgeler.
»Milch«, sagte ich leise...

Nachwort

Als Heinrich Böll am 10. Dezember 1972 in Stockholm den Nobelpreis für Literatur entgegennahm, kam er nicht von ungefähr auf sich selbst, sein Leben, seinen Weg zur Literatur und sein Jahrhundert zu sprechen:

»Als Junge hörte auch ich in der Schule den sportlichen Spruch, daß der Krieg der Vater aller Dinge sei; gleichzeitig hörte ich in Schule und Kirche, daß die Friedfertigen, die Sanftmütigen, die Gewaltlosen also, das Land der Verheißung besitzen würden. Bis an sein Lebensende wohl wird einer den mörderischen Widerspruch nicht los, der den einen den Himmel *und* die Erde, den anderen nur den Himmel verheißt, und das in einer Landschaft, in der auch Kirche Herrschaft begehrte, erlangte und ausübte, bis auf den heutigen Tag.«

Und dann nennt der Laureat sein Geburtsjahr – 1917 – und kommt auf seinen Beruf als Schriftsteller zu sprechen:

»Der Weg hierhin war ein weiter, der ich, wie viele Millionen aus dem Krieg heimkehrte und nicht viel mehr besaß als die Hände in der Tasche, unterschieden von den anderen nur durch die Leidenschaft, schreiben und wieder schreiben zu wollen. Das Schreiben hat mich hierher gebracht.«

Als Schreibender konnte Heinrich Böll nach dieser Heimkehr aus dem Krieg zum ersten Mal für die Öffentlichkeit wahrgenommen werden, als 1949 sein Buch mit dem Titel *Der Zug war pünktlich* veröffentlicht worden war, in jener Stadt, in der Böll fortan lebte: in Köln. Erzählt wird die Geschichte des Soldaten Andreas, der im Herbst 1943 in einer rheinischen Stadt einen Militärzug besteigt, der ihn wieder zurück an die Ostfront bringt, diesmal im bangen Vorgefühl, bald sterben zu müssen. Damit hat Böll eines der ihn bewegenden Themen aufgenommen, die ihn noch Jahre beschäftigen und aus einem Erlebnisfundus gespeist werden, den vor ihm schon der früh verstorbene Wolfgang Borchert in seinen Erzählungen und in seinem Hörspiel *Draußen vor der Tür* eindrucksvoll gestaltet hatte (den von Wolfgang Staudte bei der DEFA gedrehten Film *Die Mörder sind unter uns* nicht zu vergessen).

Ein Jahr nach seinem Prosadebut legte der zu dieser Zeit noch als Aushilfsangestellter beim Statistischen Amt der Stadt Köln beschäftigte Autor einen Sammelband vor, der seinen Titel von einer Kurzgeschichte darin erhalten hatte: *Wanderer, kommst du nach Spa...* Auch sie handelt von einem Soldaten in den letzten Wochen des Krieges, der nun schon auf deutschem Territorium stattfindet. Ein junger Soldat wird als Verwundeter in ein als Lazarett umgewandeltes Gymnasium gebracht. Der Erzähler ist der Verwundete selbst, der ohne Namen und Vornamen bleiben kann, weil sein Fall exemplarisch für Hunderte von in den letzten Kriegsmonaten in die Abwehrschlachten geworfenen jüngsten Soldaten steht, von denen viele im jugendlichen Alter ihr Leben lassen mußten.

Vorbei an Büsten und Bildern von antiken Geistesgrößen, deutschen Herrschern und Rasse-Archetypen wird er in den Zeichensaal getragen, der als Operationssaal fungiert. Der denkbare kurze Zeitverlauf, in dem diese Wiederbegegnung geschieht, entspricht dem Umfang dieser Geschichte, die unschwer als eine zum Typus der Kurzgeschichte gehörenden zu orten ist. Die Handlung ist an einen Ort gebunden und spielt nur auf einer Zeitebene. Diese scheinbare Abgeschlossenheit verstärkt jedoch nur die Unentrinnbarkeit vor den Schrecken des Krieges und erhellt geradezu das furchtbare Neben-, Mit- und Ineinander von Normalität und Katastrophe. Der Klassenraum, aus dem die Schüler in den Krieg zogen, ist sogar identisch mit dem Lazarett, in das sie, auf den Tod verwundet, zurückkehren.

Die Statuen und Bilder im Treppenhaus stehen für eine verloren gegangene Welt, die bis in die Antike zurückreicht. Dem Verwundeten wird im Schnellgang noch einmal vor Augen geführt, wer seine geistigen Wegbegleiter in den zurückliegenden Schuljahren waren. Ursprünglich dazu ausgewählt, ihm eine humanistische Bildung zu vermitteln, wurden diese zur Zeit des Nationalsozialismus mehr und mehr als Vorbereitung für den Heldentod mißbraucht. Humanistische Bildung (Griechenland, Rom) und Nazi-Ideologie wurden auf perfide Weise verwoben – bis hinein in den Zeichenunterricht. So wurde das Zitat zum Gedenken an den Spartaner Leonidas und seine Krieger:

»Wanderer, kommst du nach Sparta,
verkündige dorten du habest,
uns hier liegen gesehen,
wie das Gesetz es befahl.«[1]

für Schreibübungen verwendet.

Daß der Schwerverwundete sich im Sinne dieser Erziehung zu denen zählt, die einst als Helden geehrt werden, gibt er zu erkennen, als er auf das Kriegerdenkmal zu sprechen kommt und dabei zum ersten Mal sicher ist:»Wenn ich wirklich in meiner alten Schule war, würde mein Name auch darauf stehen, eingehauen in Stein – ›zog von der Schule ins Feld und fiel für…‹«. Doch genau in jenem Moment – also erst auf dem Operationstisch – erkennt er seine eigene Handschrift an der Tafel und ihm wird endgültig klar, daß er dort angekommen ist, wo er ›von der Schule ins Feld‹ ging.

Auch dieser Schriftzug bricht ab wie die gedachte und gewünschte auf dem künftigen Kriegerdenkmal. Drei Auslassungspunkte zeigen den Sachverhalt an. Beide Texte stehen in einem inneren Zusammenhang und korrespondieren mit-

---

[1] Simonidis von Keos, um 556–486 v. Chr., griechischer Lyriker und Epigrammdichter.

einander, weil beide einem Zweck dienen: der Heldenerziehung im soldatischen Sinn und der Heldenverehrung im pädagogisch-erzieherischen Sinn gleichermaßen. Würde der Gedankengang des Verwundeten zu Ende geführt werden, müßten die heiligen Güter ›für Führer, Volk und Vaterland‹ aufgezählt werden. Die drei Buchstaben ›Spa‹ dagegen stehen für das antike Sparta, ein Kriegervolk also, das für seine Tapferkeit und seinen Heldenmut in die Geschichte eingegangen ist und denen als Vorbild vor Augen geführt wurde, die in den letzten Tagen des Zweiten Weltkrieges noch den Heldentod sterben sollten. Dem Wanderer nämlich, der die einstigen Kampfplätze (gemeint ist der Thermopylenpass, den Leonidas 480 v. Chr. mit 300 Kriegern gegen die anrückenden Perser verteidigte und sein Leben und das seiner Gefährten im Kampf opferte) besucht, wird der Erinnerungsauftrag erteilt, Kunde davon zu geben, daß an diesem Ort der Erde Soldaten fielen, ›wie das Gesetz es befahl‹.

So ist das Zitat ein Verweis auf die Helden-Ideologie des Nationalsozialismus. Doch es ist verstümmelt (weil die Tafel zu kurz war) – wie der junge Soldat. Der zum Krüppel Gewordene ist ein Opfer einer solchen, dem Geist der Spartaner vergleichbaren Erziehung geworden. Heißt es im Text anfangs noch ›Ich wußte nicht, wie ich verwundet war‹, so erkennt er nun mit seiner Handschrift an der Wandtafel des Zeichensaals ›siebenmal deutlich und unerbittlich‹, ›nur ein bißchen verstümmelt‹ den ›ganzen Spruch‹, und er sieht zugleich ›in dem klaren Glas der Glühbirne‹ wie sein Leib zugerichtet worden ist: »ich blickte an mich herab, und nun sah ich es: sie hatten mich ausgewickelt, und ich hatte keine Arme mehr, auch kein rechtes Bein mehr, und ich fiel ganz plötzlich nach hinten, weil ich mich nicht aufstützen konnte...«

Gleichzeitig spielt die Handschrift an der Tafel auf die biblische Erzählung von dem babylonischen Herrscher Belsazar an, dem eine Feuerschrift an der Wand das Ende seines Reiches prophezeit.

Und bevor die Narkose das Bewußtsein des Schwerverwundeten auslöscht, nimmt er noch wahr, daß der in einer Feuerwehruniform Hand anlegende Helfer der Hausmeister des Gymnasiums ist. Die reflexartige Bitte um ›Milch‹ ist zugleich ein Ausdruck für den Wunsch, in die eigene Kindheit zurückzukehren. Ob der Krüppel nach seinem Erwachen noch sagen und denken kann wie am Beginn der Erzählung »Aber ich war noch nicht tot«, läßt Böll offen, damit es der Leser zu Ende denken kann.

Waren es in der zweiten Hälfte der vierziger und zu Beginn der fünfziger Jahre überwiegend in der Zeit des Kriegs und des Nachkriegs angesiedelte Geschichten, für die der mit dem Preis der Gruppe 47 ausgezeichnete Roman *Wo warst du, Adam?* ebenso charakteristisch ist wie der mit dem Titel *Haus ohne Hüter* von 1954, so wartete Böll vier Jahre später beim Kiepenheuer Verlag wieder mit einem Sammelband auf, der seinen Namen – wie 1950 bei *Wanderer, kommst du nach Spa...* von einer für dieses Buch bezeichnenden Erzählung bekam: *Dr. Murkes gesammeltes Schweigen und andere Satiren*.

Verlangte die Kurzgeschichte, die erzählte Begebenheit für sich selber sprechen zu lassen (ohne Bölls meisterliche erzählerische Präsentation wäre dies freilich nicht möglich gewesen) und auf ausladendes Beiwerk – seien es Reflexionen oder wertende Kommentare) zu verzichten, nahm sich der inzwischen anerkannte Romanautor nun das Recht, größere Kreise um ein Handlungszentrum zu ziehen, das in dieser Erzählung nicht einzig an den im Titel genannten Dr. Murke gebunden ist. Schauplatz ist anders als bei *Wanderer, kommst du nach Spa...* unverkennbar eine rheinische Großstadt, die einen Rundfunksender beherbergt und ein Funkhaus vorweisen kann, wo auch hier ausschließlich Männer agieren, die für das schriftliche und akustische Wortemachen verantwortlich zeichnen: Der Intendant des Hauses, seine angestellten und freien Mitarbeiter sowie die Redakteure einzelner Sendungen. Hier freilich werden nicht mehr Durchhalte-Sprüche an eine Wandtafel geschrieben, sondern Botschaften in den Äther geschickt, die jene entlarven, die sich wie der offenbar unverzichtbare Bur-Malottke, mit dem es Dr. Murke zu tun bekommt, es für gekommen hält, das in seinen früheren Beiträgen dominierende Wort ›Gott‹ durch ein anderes zu ersetzen: ›das höhere Wesen, das wir verehren‹. Was sich auf den ersten Blick nur wie ein Wortwechsel ausnimmt, ist unschwer als ein Gesinnungswandel durchschaubar, der anzeigt, daß die Nachkriegsjahre, in denen es opportun war, sich dem Zeitgeist christlicher Besinnung und Einkehr anzupassen, vorüber sind, also auch kein zwingender Grund mehr gegeben ist, sich auf diese Weise von der ideologischen Bürde der NS-Zeit zu entlasten. Jetzt wird nicht mehr an Gott geglaubt, sondern an das Wirtschaftswunder, das der Wirtschaftsminister der Bundesrepublik versprochen hat. Also müssen auch alte Glaubensbestände modernisiert werden. Wer für ›christliches Abendland‹ einstand, mußte 1955, als Bölls Satire entstand, geschmeidigere Formulierungen dafür wählen. Bur-Malottke wünscht es so, kann es und hat es so wohl auch gelernt (über seine Vergangenheit gibt Böll in dieser Geschichte keine Auskunft, dafür empfiehlt sich sein ›Hauptstädtisches Journal‹ aus dem Jahr 1957). Daß dieser Glaubensverkünder auf seinem absonderlichen Wunsch bestehen kann und der Intendant ihm nachgibt, läßt zumindest den Schluß zu, hier werde eine etablierte Stellung im politischen und religiösen Leben dazu genutzt, Druck auszuüben und Wünsche anzumelden, die nur diesem Mann erfüllt werden, weil er über Macht und Einfluß gebietet. Als der Intendant der anstehenden Schnittprozedur zustimmt, beginnt auch für Dr. Murke von der Abteilung ›Kulturwort‹ ein Tag, der anders verläuft als üblich. Böll setzt seine Leser über dieses Männerpaar gleich eingangs der Erzählung ins Bild. Vom Redakteur heißt es: »Er war jung, intelligent und liebenswürdig, und selbst seine Arroganz, die manchmal kurz aufblitzte, selbst diese verzieh man ihm, weil man wußte, daß er Psychologie studiert und mit Auszeichnung promoviert hatte.« Von seinem Gegenspieler erfährt man, daß er »in der religiösen Begeisterung des Jahres 1945 konvertiert hatte«, nun aber von ›religiösen Bedenken‹ geplagt wurde, seine Vorträge über das Wesen der Kunst könnten zur ›religiösen Überlagerung des Rundfunks‹ beigetragen haben. Daß er zudem Cheflektor des größten Verlages ist – und zudem mit dem Intendanten befreundet – erklärt dessen Willfährigkeit. Es ist offensichtlich: gegen diese Männer hätte Dr. Murke keine Chance, wenn er den Auftrag, den Wortwechsel technisch zu bewerkstelligen, verweigern würde.

Zur entlarvenden Satire wird dieses Prosastück aber erst durch die Weiterungen, die Bur-Malottkes Ansinnen im Funkhaus – und vor allem bei Dr. Murke – nach sich zieht. Dadurch nämlich, daß Böll das Blickfeld erweitert und das geschäftige Treiben dieses Funkhauses auch an anderer Stelle kritisch unter die Lupe nimmt. Dabei zeigt sich, daß der Wortwechsel auf eine Vertauschung hinausläuft, technisch gesehen nur eine Montage (ein eindeutiges Wort wird durch ein schwülstig-vieldeutiges ersetzt), in Wahrheit aber Manipulation. Denn das Wort Gott taucht nun an einer Stelle und in einem Sendeband auf, wo es nicht hingehört und einem Atheisten in den Mund gelegt wird, der es gar nicht gesprochen hat. Da, wo Gott als nichtexistent gilt, ist er nun zum Platzhalter geworden. Dieter E. Zimmer schreibt zu diesem Transformationsakt:

»Die Grenzen zwischen Gläubigem und Atheisten, in einer früheren Zeit noch scharf markiert, verwischen sich. Keiner ist mehr ganz, der er zu sein behauptet. Keiner will mehr auf seine Worte festgelegt sein. Keiner wünscht mehr das Risiko, sich durch irgendeine Entschiedenheit zu exponieren. Keinem ist mehr zu trauen, keinem ist es mehr ernst. Alles trifft sich in einer unverläßlichen, pompös geschwätzigen und schmierigen Lauheit. Sie vor allem ist das Ziel der Satire.«

Die Alternative dazu wäre – für eine Radiostation unvorstellbar – ›Schweigen‹. Nicht als Stillehalten, sondern als Verweigerung, sich am zum Geschwätz verkommenen Sendebetrieb zu beteiligen, der durch Bur-Malottke und die Seinen beherrscht wird. Daß dieses Schweigen nur als abfallendes Nebenprodukt in Murkes Zigarettenschachtel behaust ist, sagt am Ende mehr über Wort und Wahrheit als seitenlange Medienkritiken aus der Feder von Kulturwissenschaftlern.

Im gleichen Jahr, als *Dr. Murkes gesammeltes Schweigen* erschien, hielt Heinrich Böll bei der Entgegennahme eines Preises in Wuppertal eine Rede, in der er explizit auf das in seiner Prosa angeschlagene Thema zu sprechen kam, »daß es Worte sind, die den Menschen zum Gegenstand der Politik machen und ihn Geschichte erleiden lassen, Worte, die geredet, gedruckt werden«, (…) und, »daß Meinungsbildung, Stimmungsmache sich immer des Wortes bedienen. Die Maschinen sind da: Presse, Rundfunk, Fernsehen, von freien Menschen bedient, bieten sie uns Harmloses an, beschränken sich aufs Kommerzielle, Werbung, Unterhaltung – aber nur eine geringe Drehung am Schalter der Macht, und wir würden erkennen, daß die Harmlosigkeit der Maschinen nur eine scheinbare ist.« Mit der in den siebziger Jahren geschriebenen Erzählung *Die verlorene Ehre der Katharina Blum* hat dieser Autor erzählend ein weiteres Beispiel dieser Art gegeben.

Daß Böll schon frühzeitig ein waches Auge für die Anzeichen künftiger Verwerfungen und Deformationen in der allmählich entstehenden Wohlstandsgesellschaft im westlichen Deutschland hatte, bewahrheitet die im gleichen Jahr 1950 wie *Wanderer, kommst du nach Spa..* geschriebene Erzählung *Geschäft ist Geschäft*.

Auch hier handelt es sich (mit gerade einmal acht Seiten noch kürzer als *Dr. Murkes gesammeltes Schweigen*) um eine Kurzgeschichte, die ganz auf eine Person konzentriert ist, die eingangs gleich ins Spiel gebracht wird und in einem

Punkt an Bur-Malottke erinnert: nur ist es diesmal ein Schwarzhändler, von dem gesagt wird, daß er ein anderer geworden (sprich ›ehrlich geworden‹ ist). Dieser Wandel wird hier als Ortswechsel kenntlich gemacht: als Umzug in einen »ganz anderen Stadtteil«, wo er eine »Holzbude, wunderbar weißlackiert mit solider Farbe, ein prachtvolles, stabiles, nagelneues Zinkdach schützt ihn vor Regen und Kälte« bezogen hat, in der er nun Zigaretten und Dauerlutscher verkauft, ›alles jetzt legal‹. Keine Frage: Die Zeitläufe haben es ihm ermöglicht, vom illegalen zum legalen Handel überzugehen. Auch hier findet ein Wechsel statt und die Rolle wird getauscht: Ging es ihm nach dem Krieg noch ›schlecht‹, so spricht nun vieles dafür, daß es ihm wieder ›gut‹ geht. Mehr noch: Der einstige Schwarzhändler will den früheren Bekannten, mit dem er ehedem auf Du und Du stand, nicht mehr kennen und verleugnet sich, indem er ihn am neuen Standort seiner ›Bude‹ mit ›Sie‹ anspricht. Was früher war – da gab es freundschaftlichen Tauschhandel zwischen beiden – ist vergessen. Es zeigt sich mehr und mehr – in dem Maß, wie der beruflose Gelegenheitsarbeiter seine Lebenssituation verlautbart –, daß beide zwar in der gleichen Stadt, aber fast schon in zwei verschiedenen Welten leben: der »ehrlich« Gewordene in einer sichtlich geordneten, in der sich neue Lebensnormen herausgebildet haben, die am Geld als Wert orientiert sind; der zur Untermiete Wohnende von Geldnot geplagt und von der konformen Mehrheit als Arbeitsscheuer verdächtigt, gar als Dieb. Während der Budenbesitzer (im Grunde trifft nach Bölls Beschreibung diese Bezeichnung für den einstigen Kumpel schon nicht mehr zu) sich in Kriegs- wie in Nachkriegszeiten als geschickter Nutznießer auszeichnet, gehört sein gelegentlicher Besucher zu einem Menschenschlag, dem abgeht, was jene vorzüglich beherrschen. Böll sagt es in einem Bild: »Und als wir nach Hause kamen, sind sie aus dem Krieg ausgestiegen wie aus einer Straßenbahn, die gerade dort etwas langsamer fuhr, wo sie wohnten, sie sind abgesprungen, ohne den Fahrpreis zu zahlen... Es war alles tadellos, die Krankenkasse lief weiter, man ließ sich ein bißchen entnazifizieren –, so wie man zum Friseur geht, um den lästigen Bart abnehmen zu lassen –, man erzählte von Orden, Verwundungen, Heldentaten und fand, daß man schließlich doch ein Prachtbengel sei: Man hatte letzten Endes nichts als seine Pflicht getan. Es gab sogar wieder Wochenkarten bei der Straßenbahn, das beste Zeichen, daß wirklich alles in Ordnung war.« Heinrich Bölls Nachkriegs- ›helden‹ können nicht vergessen. Sie werden den Krieg mit seinen Schrecken nicht los, und es fällt ihnen schwer, sich in das wieder in Gang gekommene Berufsleben einzufügen, entweder weil sie keinen anderen Beruf als den des Soldaten gelernt haben oder durch den Krieg aus der Bahn geworfen wurden, weil sie den ›richtigen Augenblick‹, wieder in das gewohnte Leben einzusteigen, verpaßt haben. Sie gehören nicht zu den künftigen sozialen Aufsteigern des ›Wirtschaftswunders‹, sondern nehmen eher schon jene Verweigerer vorweg, die in den sechziger und siebziger Jahren als Außenseiter der Gesellschaft von sich reden machten wie Bölls aus einer Bürgerfamilie entlaufene Clown im Roman *Ansichten eines Clowns*. In den Kurzgeschichten sind solche Gestalten bereits vorgebildet, die in Verlegenheit geraten, wenn sie nach ihrem Beruf (ein ordentlicher muß es sein) gefragt werden. *Der Wegwerfer* gehört ebenso zu ihnen wie der Ich-Erzähler in der Kurzgeschichte *Es wird etwas geschehen*, dem es durch einen Glücksumstand gelingt, aus dem ungeliebten Berufsleben in einer Fabrik auszusteigen und in einem Beerdigungsinstitut den ›eigentlichen Beruf‹ zu finden als ›berufsmäßiger Trauernder‹ bei dem »Nachdenklichkeit geradezu erwünscht; und Nichtstun meine Pflicht ist«.

Obwohl Heinrich Böll seinen Weg als Prosaschreiber mit einem Roman begann, der erst nach seinem Tod (1985) in den neunziger Jahren veröffentlicht wurde, kann kein Zweifel daran sein, daß die fünfziger Jahre die Hochzeit der

Kurzgeschichte für ihn gewesen ist, die durch deutsche aber auch amerikanische Beispiele angeregt worden war. Auf die Frage, welche literarische Gattung ihm die liebste sei, antwortete er in einem Gespräch: »Die Form, die ich wähle, ist abhängig vom Stoff. Sie wird mir sozusagen vom Stoff diktiert... Es gibt nicht *die* Kurzgeschichte. Jede hat ihre eigenen Gesetze, und diese Form, die Kurzgeschichte, ist mir die liebste. Ich glaube, daß sie im eigentlichen Sinn des Wortes modern, das heißt gegenwärtig ist, intensiv und straff. Sie duldet nicht die geringste Nachlässigkeit, und sie bleibt für mich die reizvollste Prosaform, weil sie auch am wenigsten schablonisierbar ist.«

Daß Heinrich Böll mehr war als ein Schriftsteller, der Prosa zu schreiben versteht, ist über Jahrzehnte hinweg unbestreitbar geblieben und hat ihn zu einer moralischen Instanz werden lassen, der die meisten seiner Kollegen mit Respekt begegneten. Zu seinem 65. Geburtstag erinnerte Christa Wolf dankend daran: »Ich erinnere mich an Seiten in Ihren Büchern, an Auftritte im Fernsehen, an polemische Artikel und sanfte Artikel, in denen Sie sich ungeschützt zeigten, wütend, verletzt, traurig, entsetzt, angstvoll, dankbar und liebevoll: dies ist nicht der Weg der Instanzen [...] Wenn man die Wörter zurückverfolgt – was Sie tun; die Wörter beim Wort zu nehmen ist ein Teil Ihrer Arbeit –, dann kommt man ja an den Punkt, an dem sie lebendig waren. Und so finden wir ja denn ›instare‹ ›auf etwas bestehen‹, als Quelle für das eingetrocknete ›Instanz‹, und das ist ja ein höchst lebendiger Vorgang – gewiß kein einfacher, konflikt- und schmerzloser –: auf sich zu bestehen und dieses ›Sich‹ in aller Bescheidenheit groß zu nehmen. Sie haben es sich selbst zugeschrieben, und Sie schreiben es sich immer weiter zu, daß wir auf Sie hören.«

Klaus Schuhmann

Anton Janson, Nicolas Kis und die Monotype-Ehrhardt

Es ist höchst verwunderlich, daß die englische Monotype Gesellschaft, die doch hervorragendes auf dem Gebiet von Nachschnitten historischer Schriften geleistet hat – man denke nur an Repliken wie die Bell, die Bembo, die Caslon, die Poliphilus oder andere – sich offenbar nicht dazu entschließen konnte, die begehrte »Janson-Antiqua« in ihr Programm aufzunehmen. Dies ist um so erstaunlicher, weil sowohl bei der Linotype (1933–37) als auch bei der amerikanischen Lanston Monotype (1935–37) – wenn auch vielleicht nicht ganz so originalgetreu, wie man sich das gewünscht hätte – Nachschnitte dieser Schrift herauskamen[1]. Zudem hatte die Offizin Haag-Drugulin in Leipzig, wo man die Original-Matrizen der Janson um die Wende zum 20. Jahrhundert entdeckt hatte, deutlich den Wunsch nach einer Verfügbarkeit der Schrift auf dem Monotype Setzmaschinen-System geäußert. Harry Carter berichtet, daß die Monotype daraufhin im April 1936 zwar mit den Probenschnitten für den 12-Punkt-Grad begonnen hat, daß die Arbeiten daran später aber wieder eingestellt wurden[2]. Näheres dazu im weiteren Verlauf.

Der Wunsch der Leipziger Offizin, die Schrift auf der Monotype einsetzen zu können, hängt zweifelsohne mit der gesamten Situation des Unternehmens in den Jahren nach dem Ersten Weltkrieg zusammen. Bis dahin war das Haus – das damals unter W. Drugulin firmierte – eine gut florierende Druckerei gewesen; nicht zuletzt Dank der exzellenten Schriften, die von vorhandenen Matrizen in der hauseigenen Gießerei gegossen wurden. Neben der Janson-Antiqua – die in dem Betrieb heute noch unter der Bezeichnung »Holländische Antiqua«[3] geführt wird – gehörte dazu eine ganze Reihe weiterer hervorragender Antiqua- und Fraktur-Schnitte, neben einer fast nicht zu beschreibenden Fülle orientalischer, also nichtlateinischer Schriften für wissenschaftliche Werke. In erster Linie aber war es die Holländische Antiqua, der Drugulin viele interessante, auch sehr lukrative Druckaufträge verdankte. Dazu zählten beispielsweise Zeitschriften wie »Die Insel« oder die luxuriös aufgemachte Kunstzeitschrift »Pan« mit vielen Original-Graphiken zeitgenössischer, bekannter Künstler; aber auch die berühmten »Drugulin-Drucke«, mit denen Ernst Rowohlt das Wagnis unternommen hat, sorgfältig gestaltete Ausgaben in höheren Auflagen herauszubringen. Nicht zu vergessen die zahlreichen Erstausgaben junger Autoren, von Kurt Wolff u. a. verlegt, die inzwischen zur Literaturgeschichte gehören. Erinnert sei an Namen wie Max Brod, Franz Kafka, Georg Trakl, Robert Walser und Franz Werfel; aber auch an Karl Kraus und Heinrich Mann.

Trotz der glänzenden Voraussetzungen, der verlorene Weltkrieg verlangte auch von der Offizin seinen Tribut. Der Markt für orientalische Druckwerke verfiel; und für kostbare Bücher, einst die Domäne des Hauses, hatten die Menschen kein Geld mehr. Doch das allein war es nicht. Auch andere polygraphische Unternehmen mit eigenen Schriftgießereien, wie Julius Klinkhardt oder Brockhaus, mit der in Verlagskreisen hoch geschätzten »Walbaum«, mußten sich angesichts der Veränderungen, die mit dem Einzug der Setzmaschinen in die Betriebe einhergingen, von ihren Gießerei-Abteilungen trennen. So kam es, daß die 1831 von Friedrich Nies errichtete Schriftgießerei – zusammen mit den 1868 aus der Tauchnitz'schen Gießerei erworbenen Matrizenbeständen – 1919 an die Stempel AG in Frankfurt am Main verkauft wurde; mit all den vielen historisch interessanten Schriften[4]. Der fehlende Zugriff auf eine eigene Gießerei und damit auch auf die viel verwendete Holländische Antiqua erklärt also den Wunsch der Offizin, sie auf der Monotype einsetzen zu wollen.

Die neue Eigentümerin der Drugulin'schen Schriften war sich des Wertes ihrer Errungenschaften offenbar sehr bewußt. Um die Kunden der Gießerei auf die bisher nicht allgemein zugänglichen Schriftschätze aufmerksam zu machen, gab die D. Stempel AG im Jahre 1924[5] unter dem Titel *Klassische Fraktur- & Antiquaschriften des sechzehnten bis achtzehnten Jahrhunderts*[6] eine typographisch recht ansprechend gestaltete, auch sorgfältig gedruckte Broschüre heraus, in der die wichtigsten neuen Schriften, darunter – neben der Holländischen – eine »Französische Antiqua«, aber auch eine Reihe gebrochener Schriften in Anwendungsbeispielen gezeigt wurden. So anschaulich und vermeintlich aufschlußreich diese Publikation auch war, mit ihr beginnt eine Konfusion, die bis heute noch andauert. Grund dafür ist die wohlgemeinte Absicht, etwas über die Herkunft und die Stempelschneider der Schriften zu berichten. Bedauerlich, daß man hiermit bei Stempel keine sehr glückliche Hand bewies. So stammt die frühere »Tauchnitz-Fraktur«, nun »Luthersche Fraktur« genannt, *nicht* aus jener Frankfurter Gießerei; die »Caslon-Gotisch« wurde ebenfalls *nicht* von William Caslon geschnitten; die »Französische Antiqua«, als »Didot« ausgewiesen, geht *nicht* auf Firmin Didot, sondern einen anderen Pariser Stempelschneider, nämlich Nicolas-P. Gando und noch andere, namentlich nicht identifizierte Schriftschneider zurück; und last but not least wurde die »Holländische Antiqua«, jetzt als »Janson-Antiqua« und »Janson-Kursiv« bezeichnet, *nicht* von Anton Janson geschaffen. Es sollte volle dreißig Jahre dauern, bis der tatsächliche Urheber dieser Pseudo-Janson ausfindig gemacht werden konnte.

Soweit es die »Holländische Antiqua« betrifft, so ist in der oben erwähnten Publikation der Stempel AG folgendes über die Herkunft der Matrizen zu lesen:

»Diese Schriftfamilie verdankt dem Stempelschneider und Schriftgießer *Anton Janson*, der in den sechziger Jahren des 17. Jahrhunderts die der Leipziger Buchdruckerei Johann Erich Hahn angegliederte Schriftgießerei erwarb und unter seinem Namen betrieb, ihre Entstehung. Die Tätigkeit des Anton Janson läßt sich nach den uns erhaltenen Schriftproben seiner Schriftgießerei von 1671 bis 1687 verfolgen. Schon die Probe von 1674 zeigt die Antiqua- und Kursivschrift in der vorliegenden Form und wir dürfen deren Entstehung etwa um das Jahr 1670 ansetzen. Nach dem Tode Anton Jansons ging die Gießerei an den Schriftgießer Johann Karl Edling über, der im Jahre 1689 eine Probe herausgab, die ebenfalls unsere Antiqua und Kursiv zeigt. Dessen Erben verbrachten um 1700 die Gießerei von Leipzig nach Amsterdam. Von ihnen erwarb der Leipziger Schriftgießer Wolfgang Dietrich Ehrhard um 1710 die Matrizen Jansons und brachte sie wieder nach Leipzig. Die von der Ehrhardtschen Gießerei unter der Bezeichnung »Holländische Antiqua« geführte Garnitur war sehr verbreitet und wir haben durch die Benennung der Garnitur nach dem Namen des Verfertigers diesen der Vergessenheit entrissen.«

Der vorstehende Text ist nicht gezeichnet, doch wir dürfen annehmen, daß er von Gustav Mori stammt, der im Hause Stempel auch die Funktion des Historikers und Theoretikers einnahm.[7] Wie er, ein erfahrener Fachmann, zu seinen Schlußfolgerungen kam, läßt sich nicht mehr eindeutig rekonstruieren. Es ist auch im Rahmen dieser Abhandlung – noch dazu ohne erläuternde Abbildungen – nicht möglich, alle inzwischen gewonnenen Erkenntnisse nachzuzeichnen. Weiterreichende Details enthalten die im Anschluß genannten Quellen, insbesondere das umfassende Werk *Nicholas Kis* von György Haiman.[8] – In den Berichten von Pater Paulus (1710)[9], Friedrich Christian Lesser (1740)[10] als auch Friedrich Bauer (1928)[11] sind die Besitzerwechsel der ursprünglichen Hahn'schen Schriftgießerei auf Janson – Edling – und Ehrhardt festgehalten. Gustav Mori selbst hat zum Teil auch auf diese Quellen, zumindest soweit sie damals vorlagen, zurückgegriffen. Vor allem hatte er einen direkten Zugang zu einer Reihe von Schriftplakaten dieser Gießereien, nicht zuletzt als Mitveranstalter einer großen Schriftproben-Ausstellung 1926 in Frankfurt am Main. Alle Exponate sind in einem Ausstellungsführer dokumentiert.[12] Darunter – in den Nummern 103–121 zusammengefaßt – neunzehn Schriftproben von Anton Janson, Johann Karl Edling, Wolfgang Dietrich Ehrhardt und der Ehrhardtischen Gießerei – alle in Form von Einblattdrukken. Eines davon – Nr. 119 – das »Verzeichniß derer Holländischen Schriften«, spielt eine besondere Rolle. Es trägt am Fuße des Blattes den Vermerk »Diese Schrifften sind in Leipzig in der Ehrhardtischen Giesserey zu bekommen.« Das Blatt enthält kein Datum, Mori schätzt, daß es 1720 erschienen ist. Es zeigt – neben fünf Schnitten von anderer Hand – eine feinabgestufte Familie jener Schrift, die wir Janson nennen, mit jeweils 14 (!) Graden in Antiqua und Kursiv, von »Kleine Canon« (32 Punkt) bis »Peerl« (5 Punkt). Die gleiche Skala ist auch in dem 1740 von Christian Friedrich Geßner in Leipzig herausgegebenen Fachbuch enthalten[13] – vom selben Satz gedruckt, wie sich bei näherem Hinsehen an Hand von zwei identischen Satzfehlern feststellen läßt.

Die Kombination all dieser Fakten, Janson kam aus Amsterdam, das mit »Holländischen Schrifften« betitelte Probenblatt, die Annahme, Janson sei Stempelschneider gewesen (auf einigen der Schriftprobenblätter sind die aufgeführten Schriften mit A.I. oder A.J. für Anton Janson gekennzeichnet) mag Mori dazu bewogen haben, in ihm den Schöpfer der groß angelegten Schriftfamilie zu sehen. Daß Mori überzeugt war, Janson habe selbst geschnitten, geht schon daraus hervor, daß er ihn in dem erwähnten Ausstellungsführer nicht nur als Schriftgießer, sondern auch als *Stempelschneider* aufführt. Dabei hat Janson sich selbst auf seinen Musterblättern stets nur als Schriftgießer ausgegeben. Insofern bleibt es zumindest fraglich, ob er wirklich Stempelschneider gewesen ist. Denn warum hätte er darauf verzichten sollen, sich als solcher auch zu nennen. War doch ›die Kunst des Schriftschneidens gar seltsam‹ (gemeint ist selten).

Die Holländische Antiqua war schon immer unter Kennern sehr geschätzt – es wird berichtet, daß der amerikanische Drucker und Schrifthistoriker Daniel B. Updike sie 1913 für seine Merrymount Press in Boston geordert hatte. Nach Erscheinen der Stempel-Publikation aber gewann die Schrift allgemeines Interesse, wobei die von Mori angenommene Herkunft immer häufiger in Zweifel geriet. György Haiman hat die verschiedenen Beiträge dazu in chronologischer Aufzählung festgehalten. Auf einzelne sei hier Bezug genommen: Bereits 1936 hat A. F. Johnson auf die Ähnlichkeit der Janson zur sog. »Double English Type« in Oxford aufmerksam gemacht. Er war es auch, der als erster auf die Identität zu Alphabeten in Proben anderer holländischer Gießer[14] (Johannes Adamszoon's Witwe, Abraham Ente) hinwies. Der Ursprung der Schrift mußte daher seiner Meinung nach in Holland liegen. Und 1938 hat er, wiederum als erster, deutlich gemacht, daß die auf dem Blatt der Ehrhardtschen Gießerei (1720) wie die bei Geßner gezeigten Holländischen Schriften mit der sogenannten Janson übereinstimmten.[15]

Eine wichtige Rolle in der weiteren Diskussion spielte der Beitrag von Stanley Morison vom März 1939[16] in der Zeitschrift »Signature«. Unter dem Titel *Leipzig as a Centre of Typefounding* behandelt er darin die Schriftentwicklung der örtlichen Gießereien im 17. und 18. Jahrhundert und kommt dabei auch auf die Janson zu sprechen. Er macht auf die Unterschiede in der Anmutung der Schrift aufmerksam, vergleicht man die Proben Anton Jansons von 1672, 1674 und 1678 mit dem Blatt der Ehrhardtschen Gießerei von 1720 (die Proben der Nachfolger, Edling und Wolfgang Dietrich Ehrhardt, waren ihm nicht zugänglich).

Vor allem hebt er hervor, daß Ehrhardt – wie Pater Paulus (matricibus Janssonianis) und Lesser darlegen – die Schriften zwar von Janson gekauft habe, daß dieses aber nicht gleichbedeutend damit sei, daß sie von letzterem auch geschnitten seien. Außerdem, der Name Holländische Schriften könne sich auch daraus erklären, daß Ehrhardt sie aus anderer Quelle in den Niederlanden bezogen habe, zumal sie da mehrfach nachgewiesen wurden.

1946 meldet sich F. A. Johnson nochmals zu Wort. Er hat die erwähnten Probeblätter 103–121 aus der Ausstellung von 1926 überprüft. Keines davon, mit Ausnahme des der Ehrhardtschen Gießerei von ca. 1720, enthält Schriften, die mit den bei Drugulin gefundenen übereinstimmen.[17] Was Morison schon vermutete – ihm fehlte nur der Zugang zu *allen* relevanten Schriftblättern – wird hiermit Gewißheit: Anton Janson scheidet – wie auch seine Nachfolger Edling und Wolfgang Dietrich Ehrhardt als Stempelschneider der Drugulin-Schrift, also der Holländischen Antiqua, aus.

Es sollte Harry Carter und György Buday vorbehalten bleiben, das Rätsel um den wirklichen Stempelschneider der sogenannten Janson zu lösen. Im März 1954 erschien in der Linotype-Zeitschrift *Matrix* ihr Artikel *The origin of the Janson types: with a note on Nicholas Kis*.[18] Ein weiterer Beitrag der beiden Autoren wurde im Gutenberg Jahrbuch von 1957 abgedruckt.[19] In der Einleitung weisen sie auf die Sprachbarriere hin, die den endlich gefundenen Schriftschöpfer Nicholas Kis (gesprochen Kisch) von der westlichen Welt trennte. Hatten sich seine Schriftmatrizen hier in wenigen Graden erhalten, so war die Erinnerung an ihn und sein persönliches Wirken nur auf der anderen Seite der sprachlichen Trennungslinie wach geblieben.

Daß es überhaupt gelang, die Hintergründe ans Licht zu bringen, ist einer alles andere als gestochen scharfen Photographie zu danken, die Prof. G. W. Ovink, künstlerischer Leiter der Lettergieterij Amsterdam, Anfang der 1950er Jahre Harry Carter übergab. Das Photo zeigte ein Probenblatt mit je fünfzehn Graden Antiqua und Kursiv, einer Griechisch, drei Graden Hebräisch und einem Satz Musiknoten. In den zwei Fußzeilen ist zu lesen: »*Begeert iemandt Af-slagen of Matryzen van deeze Letters, nu eerst gesneden door Nikolaas Kis, addresseere zich aan den voorn. Meester, woonende t'Amsterdam, op d'Achter Burg-wal, over de Brouwery van de Zwaan, ten huize van Warner Warnersz, zal de zelve voore en redelyke prys bekomen.*«[20]

So ungenügend sie auch war, die Photographie reichte aus, die auf dem Probenblatt befindlichen Schriften – ein in sich geschlossenes Ensemble – als die Janson zu identifizieren. Das Original selbst – fälschlicherweise wird oft behauptet, es sei im Krieg vernichtet worden[21] – befindet sich im National-Archiv in Budapest. Damit stand fest: Die Janson wurde von Kis in den Niederlanden geschnitten.

Wer war nun dieser geheimnisvolle Mann? Kis wurde 1650 in der kleinen Gemeinde Misztótfalu in Transsylvanien (Siebenbürgen) geboren – eine Region, die heute zu Rumänien gehört. Da es zum Teil üblich ist, den Geburtsort – von dem es unterschiedliche Schreibweisen gibt – in den Namen zu integrieren, der Vorname außerdem an den Schluß gestellt werden kann, existieren mehrere Namensvarianten wie M. Tótfalusi Kis Miklós oder Misztótfalusi Kis Miklós etc. Nicht zuletzt wegen der allgemeinen Verständlichkeit wurde hier die international gängige, auch von Haiman gewählte Form verwendet.[22]

Die außergewöhnliche Intelligenz von Nicholas Kis ist früh erkannt und ihm der Schulbesuch ermöglicht worden. Nach Abschluß der Sekundarstufe wurde er in das renommierte Enyed Collegium Academicum aufgenommen, das zu jener Zeit das Zentrum geistigen Lebens bildete, nicht nur was die Reformierte Calvinistische Kirche betraf, sondern in intellektueller Hinsicht ganz allgemein. Rege Verbindungen bestanden zu den nördlichen Provinzen der Niederlande, die der Calvinistisch-Reformierten Kirche angehörten (teilweise auch der Lutherisch-Protestantischen).

Trotz unsteter politischer Verhältnisse erlebten die Niederlande auf Grund einer durch freiheitliches Denken geprägten Gesellschaft und wirtschaftlich begünstigt durch den ausgedehnten Handel mit ihren überseeischen Kolonien, ihr ›Goldenes Jahrhundert‹. Diese glückhaften Umstände zogen Naturwissenschaftler und Gelehrte aus aller Welt an – Descartes (Cogito, ergo sum), Spinoza etc. Ihre Erkenntnisse und Vorstellungen einer aufgeklärten westlichen Welt fanden auch bei führenden Intellektuellen in Transsylvanien Eingang. Um so verständlicher, wenn man sich die damalige politische Lage vergegenwärtigt: Der größte Teil Ungarns stand unter osmanischer Herrschaft, während der Nord-Westen dem – katholischen – Habsburger Reich angehörte. In dem verbliebenen Rest, militärisch wie wirtschaftlich nicht allzu stabil, versuchte man mit einer gewissen liberalen Geisteshaltung sowie durch die eigene Religion seine Selbständigkeit und seine Unabhängigkeit zu bewahren.

Das führte u.a. auch zu Neuauslegungen der Bibel und somit ergab sich die Notwendigkeit einer neu bearbeiteten, ungarischen Bibelausgabe. Der Druck sollte in den Niederlanden ausgeführt werden. Nicholas Kis, zu dieser Zeit Leiter einer Schule in Fogaras, war gerade im Begriff, zu einem weiterführenden Studium in die Niederlande zu reisen, wie das andere Studienkollegen auf Grund der intellektuellen Beziehungen auch taten. So lag es nahe, Kis die Druckbetreuung der neuen Bibel in Amsterdam anzuvertrauen. Bei seiner Abreise meinte ein guter Bekannter, ob er nicht anstelle theologischer Studien sich in Holland das Drucken aneignen wolle, da – sinngemäß – wie das Beispiel der Druckvergabe nach Holland zeige, fähige Drucker hier fehlten, während man Pfaffen genug habe.[23]

Ob es nun der freundschaftliche Rat bei der Abreise im Spätsommer 1680 war oder eine notwendige Anpassung an die Gegebenheiten – Kis wurde tatsächlich Drucker. Mehr noch, auf sich allein gestellt, ohne Nachrichten von zuhause

– auch die Gelder für den Druck der Bibel ließen auf sich warten – beschloß Kis das Schriftgießen und darüber hinaus das Stempelschneiden zu erlernen, um die Urwerkzeuge der Druckschrift selbst fertigen zu können, wofür er seinem Meister – vermutlich Dirck Voskens – für die nur ein halbes Jahr währende Ausbildung 200 Florin zahlte.[24] Es folgte eine Periode rastlosen Schaffens. Zur Herstellung der Drucktypen gehörte es, für jeden Buchstaben einen Stempel zu schneiden, von diesem die Matrize oder Mater zu prägen (schlagen) und nach der Justierung den Guß der Lettern vorzunehmen. Parallel dazu mußte der Text der Bibel – er zeigte Fehler und Auslassungen – überarbeitet werden. Kis organisierte einen Drucker, begleitete den Druck der Bibel, las Korrekturen, verkaufte, um das Projekt zu finanzieren seine Schriften – neben lateinischen schnitt er auch fremdländische Alphabete, wie Armenisch, Georgisch, Griechisch, Hebräisch, Koptisch, Syrisch etc. – nach England, Irland, Schottland, Italien, Polen, Schweden und Deutschland – war Künstler, war Manager, Organisator und erfolgreicher Kaufmann, alles in einer Person.

Der Erfolg beruht nicht zuletzt auf der Schönheit seiner Schriften, die sich in ihrer Vollkommenheit mit denen von Garamont, Granjon, van Dyck und Baskerville vergleichen läßt.[25] Gegenüber den genannten sind die Strichbreiten kontrastreicher – bei gleichzeitig verkürzten Ober- und Unterlängen. Einflüsse von van Dyck, einem der damals renommiertesten Stempelschneider, sind unübersehbar. Kein Wunder, daß Kis' Schriften überall begeisterte Aufnahme fanden. Haiman zählt allein 19 Druckereien im nord- und mitteldeutschen Raum – sieben davon allein in Leipzig –, die mit Kis-Schriften druckten. Und der Großherzog Cosimo de' Medici, der ebenfalls von Kis Schriften bezogen hatte, war von diesen so fasziniert, daß er mehr als ein Jahr lang versuchte, Kis über einen Mittelsmann als Leiter für seine Druckerei und Schriftgießerei in Florenz zu gewinnen.

Doch Kis kehrte in seine Heimat zurück. Im Herbst 1689 verließ er Amsterdam, wo ein Teil seiner Matrizen blieb. Es sollte eine abenteuerliche Reise werden, schwer beladen mit den in Amsterdam gefertigten Drucken, darunter die 3500 Bibeln, je 4200 Exemplare des Psalters und des Neuen Testaments – gedruckt 1686 und 1687 – dazu vielen Werkzeugen und natürlich seinen Stempeln und Matrizen. Der Weg führte ihn über Leipzig zunächst nach Polen, wo er als Häretiker gefangengenommen wurde und nur unter Zurücklassen eines Teils seines Gutes entfliehen konnte.

Wieder in Ungarn, errichtete er im Einvernehmen mit der Reformierten Kirche in Kolozsvár (Klausenburg) eine Druckerei, gut ausgestattet mit vorhandenem Material der Diözese, vor allem aber mit den mitgebrachten Schriften. Was daraus wurde, war jedoch weit mehr als eine Druckwerkstatt, es war ein Verlagsunternehmen ungewöhnlichster Art. Kis, ein absolutes Universaltalent, ein weltoffener Kosmopolit, der mehrere Sprachen beherrschte, vor allem ein Vorkämpfer gegen das Analphabetentum,[26] entwickelte ein geradezu leidenschaftliches Verlagsprogramm, ausgerichtet darauf, die nur unzureichend gebildete Bevölkerung zum Lesen und Lernen anzuregen. In weniger als zehn Jahren hat er mehr als hundert Bücher der verschiedensten Themen herausgebracht, alle in dem Sinne, Erziehung, Wissen und Kultur zu fördern und die Orthographie zu verbessern.[27]

Doch, wie meistens, wenn jemand seiner Zeit voraus ist, Kis wurde nicht verstanden, die Konflikte ließen nicht auf sich warten. Seine modernen Ansichten und Bildungsbestrebungen, die Neufassung der Bibeltexte in Amsterdam, das alles führte zu heftigen Angriffen gegen den »Drucker-Gelehrten«. Zu seiner Rechtfertigung schrieb er zwei Bücher. In der *Apologia Bibliorum* erläutert er in Latein die Verbesserungen und die geänderte Orthographie der Bibel, im *Mentség* (Entschuldigung) verteidigt er, diesmal in ungarischer Sprache, sein Lebenswerk, seine Arbeit als

Schriftschneider, Drucker und Verleger, gegen dümmliche Angriffe mißgünstiger Kleingeister. Beide Werke sind unschätzbare Zeitdokumente, vor allem letzteres gibt und gab Antwort auf viele Fragen in der Kis-Forschung. Kis – wie auch dessen Gesundheit – haben unter den Anfeindungen sehr gelitten. In den letzten Jahren seines Lebens mag er manchmal bedauert haben, nicht in Amsterdam geblieben oder dem Ruf nach Florenz gefolgt zu sein. Er starb krank und verbittert im Alter von nur 52 Jahren am 20. März 1702 in Kolozsvár.[28]

Trotz all dieser aufschlußreichen Forschungsergebnisse, eine Reihe von Fragen bleibt. Vor allem: Wie, wann und durch wen kamen die Matrizen zu Drugulin? Aus dem *Mentség* erfahren wir, daß Kis auf dem Wege nach Polen Matrizen in Leipzig verkaufen wollte. Der Handel kam wegen fehlerhafter Matrizen nicht zustande. Er hat sie zunächst bei dem in Betracht kommenden Interessenten – dahinter wurde Edling, der Nachfolger Jansons vermutet – gelassen. Das war 1689. Doch weder in den Schriftproben von Edling noch in denen seines Nachfolgers Wolfgang Dietrich Ehrhardt taucht die Schrift auf. Sie erscheint erst auf dem undatierten Blatt der Gießerei Ehrhardt aus der schon erwähnten Ausstellung, von dem Mori annimmt, daß es 1720 herausgekommen ist. Auf Grund gleicher Textanordnung mit dem in Geßners Lehrbuch von 1740 beigefügten Verzeichnis »Holländischer Schrifte[n]« der »Ehrhardtischen Giesserey« – einschließlich identischer Satzfehler – ist aber anzunehmen, daß es später, vermutlich ebenfalls um 1740 erschienen ist. Das heißt: Zwischen den gescheiterten Verkaufsverhandlungen – spätere Versuche von Kis, die Matrizen nach Ungarn zu holen, schlugen fehl – und dem Erscheinen der Proben liegen fünfzig Jahre. Ein zu langer Zeitraum, um Edling als »Abnehmer« der Holländischen Schrift in Betracht zu ziehen. Da ist es wahrscheinlicher, daß die Ehrhardtsche Gießerei in den 1730er Jahren – sie wurde in der Zeit von Johann Christoph

Ehrhardt geleitet – jene Schriftsätze erworben hat, die Kis in Amsterdam zurückgelassen hatte. Dafür spricht nicht nur die mit dem Amsterdamer Probenblatt fast völlig übereinstimmende Zahl der Schriftschnitte, sondern vielmehr auch die Tatsache, daß es in den vorliegenden Berichten immer wieder heißt, die betreffenden Matrizen seien aus Holland bezogen worden.

Handelt es sich bei diesen Matrizen der Ehrhardtschen Gießerei aber nun auch um jene, die als Janson-Antiqua bei Drugulin entdeckt wurden? Was dafür spricht, sind folgende Überlegungen: Die Ehrhardtsche Schriftgießerei wurde nach einigen Änderungen der Besitzverhältnisse im Jahr 1871 an Julius Klinkhardt, diese Gießerei wiederum 1920 an die H. Berthold AG verkauft. In keinem einzigen Schriftmusterbuch beider Firmen taucht jemals die Holländische Schrift auf, was darauf schließen läßt, daß die Matrizen vorher an einen Dritten, vielleicht eben an Drugulin, veräußert wurden. Zeitlich paßt das auch mit dem Vorhandensein der Schrift bei Drugulin zusammen. Sie erscheint dort erstmals in deren dreibändigem Schriftmusterbuch von 1872–74[29]; nachdem sie in den Proben der Vorgänger, weder bei Friedrich Nies (1835/1839) noch bei Tauchnitz (1825) aufgeführt ist.

Was jedoch gegen obige These spricht, ist die Tatsache, daß es sich bei Ehrhardt um eine großausgebaute Familie mit insgesamt 28(!) Schriftgraden handelt. Bei Drugulin sind es in den Proben von 1872/74 genau die Hälfte, also sieben Schnitte zu sehen. Dazu kommt, daß zwei Grade (14 und 16), wie bei Stempel zu sehen ist, durch Schnitte von anderer Hand ergänzt wurden.[30] Ob also die Drugulin-Matrizen nun aus den Beständen von Ehrhardt oder dem von Kis in Leipzig zurückgelassenem Sortiment stammen, wird sich nur ergründen lassen, wenn wir erfahren, von wem sie gekauft wurden. Vielleicht finden sich eines Tages in einem Archiv der Stadt Leipzig doch noch aufklärende Unterlagen.

Bei der Übernahme der Matrizen durch die Stempel AG mußten nun die Lücken geschlossen, das heißt, fehlende Schriftgrößen ergänzt werden. Sieben Grade enthält die Probe von Drugulin, bei Stempel wurden die Garnituren auf zwölf erweitert. Hinzugefügt wurden 6, 16, 24, 28 und 48 Punkt, wobei der bisherige 28-Punkt-Schriftgrad nun auf 36-Punkt-Kegel gegossen wurde. Das hing mit der bei Stempel als notwendig erachteten Einhaltung der Normschriftlinie zusammen, berichtet Hermann Zapf, in dessen Verantwortung die Ergänzungsgrade damals lagen. Zu dieser Aufgabe gehörte auch, Zeichnungen anzufertigen, um die Schrift in den Graden von 6 bis 10 Punkt auf die Linotype-Setzmaschine zu bringen. Seinem Wunsch, dabei auch das mehr als verunglückte »ß« in der Antiqua zu korrigieren, ist man zu seinem Kummer nicht gefolgt.

Die genannten Schriftgradergänzungen, dazu fehlende präzise Angaben aus Frankfurt darüber, was nun Original und was Nachschnitt sei, das alles führte bei der Monotype Corp. in Salfords, England, – und damit schließt sich der Kreis –, zu erheblicher Verunsicherung und in der Folge zu der Entscheidung, das Vorhaben eines originalgetreuen Nachschnitts der Janson fallenzulassen und statt dessen eine eigenständige Schrift in Anlehnung an deren Formaufbau zu schaffen.

Wie Harry Carter berichtet, wurde im Januar 1937 mit den Probearbeiten zur neuen Schrift – nach der Leipziger Gießerei »Ehrhardt« benannt – begonnen. Die Vorstellungen von Stanley Morison zielten auf eine Werkschrift von hoher Lesbarkeit. Gleichzeitig sollte sie äußerst platzsparend sein, ein Thema, das ihn immer sehr beschäftigt hat. Um zu erreichen, daß möglichst viel Buchstaben in einer Zeile untergebracht werden können, wurde daher deren Zeichnung enger als üblich angelegt. Die Ehrhardt folgt damit einer etwas schmaler laufenden Variante, die Kis in der Schlußphase seiner Amsterdamer Zeit für Cosimo de' Medici geschnitten hatte. Gegenüber dem Vorbild der Jan-

Synopsis

*Van Dijck, Ehrhardt und Holländische Antiqua (Janson)
in Gegenüberstellung*

1. ABCDEGJKLMNQRSTWZ
2. ABCDEGJKLMNQRSTWZ
3. ABCDEG JKLMNQRSTWZ

1. *ABCDEGJKMNQRSTUWYZ*
2. *ABCDEGJKMNQRSTUWYZ*
3. *ABCDEGJKMNQRSTUWYZ*

1. abcdfgjknortuwzæß23456780&!?()
2. abcdfgjknortuwzæß23456780&!?)
3. abcdfgjknortuwzß23456780&!?)

1. *abcdfghjknortuvwxyzæœffffifl ß&!?( )*
2. *abcdfghjknortuvwxyzæœfffifl!? & ( )*
3. *abcdfghjknortuvwxyzfffiflß&!?( )*

1 18 Punkt Monotype Van Dijck
2 18 Punkt Monotype Ehrhardt
3 20 Punkt Holländische Antiqua (Janson)

Für die auf den Seiten 88 und 89 gezeigten Figurenverzeichnisse wurde der besseren Erkennbarkeit wegen der Schriftgrad 24 Punkt gewählt. Die Synopsis ist in 18/20 Punkt abgesetzt. Einmal, um mehr Schriftzeichen im Vergleich abbilden zu können. Zum anderen, weil bei der Holländischen Antiqua es sich in 24 Punkt um einen bei der Stempel AG geschaffenen Nachschnitt handelt. Der hier angestellte Vergleich ist aber nur von Interesse, wenn ihm Original Schnitte zu Grunde liegen.

24 Punkt Holländische Antiqua mit Kursiv
(Janson-Antiqua)

ABCDEFGHIJK
LMNOPQRSTUVW
XYZ ÄÖÜ
abcdefghijklmnopqrstuv
wxyz fffiflß äöü
(»&.,:;!?-—'«)
1234567890

ABCDEFGH
IJKLMNOPQRSTUVW
XYZ ÄÖÜ
abcdefghijklmnopqrstuvwxyz
äöü fffiflß !?&
1234567890

24 Punkt Monotype-Ehrhardt mit Kursiv
(Serie 453)

ABCDEFGHIJ
KLMNOPQRSTUVW
XYZ ÄÖÜ ÆŒ
abcdefghijklmnopqrstuv
wxyzfffiflffifflßäöüæœ
(»&*.,:;!?-–"§†«)
1234567890

ABCDEFGHIJ
KLMNOPQRSTUVW
XYZ ÄÖÜ ÆŒ
abcdefghijklmnopqrstu
vwxyzäöüfffiflß§†!?&æœ
1234567890

son, wurde der Kontrast der Strichstärken ein wenig zurückgenommen. Gleichzeitig wurden die Strichbreiten kräftiger ausgebildet, was der Schrift eine vergleichsweise dunkle Färbung auf der Buchseite gibt. Die Mittellängen sind verhältnismäßig groß, somit die Ober- und Unterlängen zwangsläufig entsprechend verkürzt. Ungewöhnlich ist die extreme Ausnutzung des Schriftkegels. Ober- und Unterlängen berühren sich beinahe, wenn die Zeilen nicht, wie der Setzer sagt, durchschossen sind, ihr Abstand also durch Einfügungen nicht erweitert wurde.

Schrift muß passen, so lautet der Titel eines Typographiebuches. In die gleiche Richtung zielt die These, daß auch formal »weniger schöne« Schriften die geeigneteren seien, um eine angestrebte, spezifische Aussage zu vermitteln. Ohne Zweifel, die Ehrhardt erreicht nicht jene Eleganz der Janson-Antiqua, die den Pressendrucker Wolfgang Tiessen so faszinierte, daß er alle seine Bücher, 88 an der Zahl, nur in dieser Schrift druckte. Für den vorliegenden Stoff von Heinrich Böll, bei dem es gewiß nicht um Äußerlichkeiten geht, ist sie in jedem Fall die »passendere«.

Es bleiben noch zwei Sachen nachzutragen. Zum einen: Die Matrizen der D. Stempel AG kamen nach deren Auflösung nach Darmstadt. Sie werden heute dort, wie auch die der Offizin Drugulin, im Hessischen Landesmuseum aufbewahrt. Zum anderen: Heinz Stamm, der langjährige Faktor im »Betriebsteil Nonnenstraße« des Graphischen Großbetriebs »Andersen Nexö« berichtete dem Verfasser wenige Zeit nach Erwerb dieses Firmenteils durch die »Treuhandanstalt«, daß noch zu DDR-Zeiten Original-Matrizen der Janson vorhanden gewesen seien. Horst Erich Wolter, künstlerischer und technischer Leiter sowie Nachfolger von Ernst Kellner, sei außer sich gewesen, als er nach einer Rückkehr aus dem Urlaub erfahren mußte, daß ein Mitarbeiter während seiner Abwesenheit in einem Akt vorauseilenden Gehorsams die Kis-Matrizen gemäß der bestehenden Altmetallverordnung zum Schrott gegeben habe. Diese Aussage findet in zweifacher Form ihre Bestätigung. Im Vorwort zur Schriftenprobe von 1953[31] schreibt Wolter: »Aus den verbliebenen Originalmatrizen aber wurden in dem VEB Offizin Haag-Drugulin erneut die zeitlosen holländischen Schriften gegossen, die wir als Holländische Antiqua und Kursiv auf Seite 342 zeigen.« Abgebildet sind dort die 9, 12 und 20 Punkt Antiqua sowie die 20 Punkt Kursiv. Gegenüber Haiman erwähnte Wolter, daß man von den Graden 9 und 20 Punkt in *beiden* Schnitten – Antiqua *und* Kursiv, – deren Matrizen sich im Besitz der Firma befänden, habe Abgüsse vornehmen lassen. Von diesen wurden Textabsetzungen im Wortlaut der Amsterdamer Probe angefertigt, die zu Vergleichszwecken in Haimans Buch abgedruckt sind. Als später Haiman diese Matrizen gern persönlich in Augenschein nehmen wollte, erhielt er die bestürzende Nachricht (25. Mai 1971), daß »owing to a terrible error, the matrices were scrapped«.[32] Ungeklärt blieb, wie es dazu kam, daß nach dem Verkauf an Stempel noch Matrizen im Besitz von Drugulin waren, ob außer den vier Sätzen noch weitere, auf der Seite 342 gezeigte Grade vernichtet und wo das Abgießen vorgenommen wurde. Vermutlich bei Typoart, aber dort gibt es heute auch niemanden mehr, den man fragen könnte.

Eckehart SchumacherGebler

Literaturnachweis

1 Harry Carter: *A Tally of Types*, S. 119.
2 Harry Carter: *A Tally of Types*, S. 119.
3 Offizin Andersen Nexö: *Schriftproben für den Bleisatz.* Leipzig 1988.
4 Friedrich Bauer: *Chronik der Schriftgießereien in Deutschland und den deutschsprachigen Nachbarländern.* 2. Auflage. Offenbach a. M. 1928. SS. 119–120/127–128.
5 Chronik der Schriftgießerei D. Stempel AG Frankfurt am Main. Sechzig Jahre im Dienste der Lettern 1895–1955.
6 Schriftgießerei und Messinglinienfabrik D. Stempel AG: *Klassische Fraktur- & Antiquaschriften des sechzehnten bis achtzehnten Jahrhunderts.* Frankfurt am Main.
7 György Haiman: *Nicholas Kis.* A Hungarian Punch-Cutter and Printer. 1650–1702. Budapest/San Francisco 1983, S. 139, Fußnote 228.
8 György Haiman: *Nicholas Kis.* A Hungarian Punch-Cutter and Printer. 1650–1702. Budapest/San Francisco 1983.
9 Pater Paulus: *De Germaniae Miraculo Optimo, Maximo, Typis Literarum.* Gedruckt 1710 bei Johann Friedrich Gleditsch und Sohn in Leipzig. Der Hinweis auf die »Ciceronianus Amstelodamensis«, einem unter mehreren Cicero-Graden lautet in deutscher Übersetzung: *Diese Schriftformen in Cicero werden nun in Leipzig bereit gehalten von Wolfgang Dietrich Ehrhardt.*
10 Friedrich Christian Lesser: *Typographia iubilans*, das ist Kurtzgefaßte Historie der Buchdruckerey,... Leipzig 1740, S. 133.
11 Friedrich Bauer: *Chronik der Schriftgießereien in Deutschland und den deutschsprachigen Nachbarländern.* 2. Auflage, Offenbach a. M. 1928. SS. 114–116.

12 *Schriftproben Deutscher Schriftgießereien und Buchdruckereien aus den Jahren 1479–1840.* – Führer durch die Schriftproben-Ausstellung im Kunstgewerbe-Museum zu Frankfurt a.M. 25. Sept. bis 20. Okt. 1926. Kreisverein III des Vereins Deutscher Schriftgießereien e.V. Frankfurt am Main 1926. – Erwähnt werden unter den Nrm. 103-115 insgesamt 13 Schriftproben in Form von Einblattdrucken.

13 Christian Friedrich Geßner: *Die so nöthig als nützliche Buchdruckerkunst und Schriftgießerey, mit ihren Schriften, Formaten und allen dazu gehörigen Instrumenten...* Leipzig. 1740.

14 György Haiman: *Nicholas Kis.* S.137.

15 György Haiman: *Nicholas Kis.* S.137.

16 *Signature.* A Quadrimestrial of Typography and Graphic Arts. Edited by Oliver Simon. 11.März 1939.

17 A.F.Johnson: *On re-reading Updike.* Alphabet and Image. No.2. 1946, S.51–57.

18 Harry Carter/George Buday: *The origin of the Janson types; with a note on Nicholas Kis.* Linotype Matrix No.18. März 1954.

19 Harry Carter and George Buday: *Nicholas Kis and the Janson Types.* Gutenberg Jahrbuch 1957. SS.207–212.

20 György Haiman: Faksimile des Amsterdamer Schriftenblattes von Nicholas Kis. Ohne Datum. Enclosure No.1 zu *Nicholas Kis*.

21 György Haiman: *Nicholas Kis.* A Hungarian Punch-Cutter and Printer. 1650–1702. Budapest/San Francisco 1983. S.139, Fußnote 230.

22 György Haiman: *Nicholas Kis.* A Hungarian Punch-Cutter and Printer. 1650–1702. Budapest/San Francisco 1983, S.20.

23 Harry Carter and George Buday: *Nicholas Kis and the Janson Types.* Gutenberg Jahrbuch 1957. S.209.

24 György Haiman: *Nicholas Kis.* A Hungarian Punch-Cutter and Printer. 1650–1702. Budapest/San Francisco 1983. S.21.

25 Tibor Szántó: *Die Janson-Antiqua und Miklós Kis von Misztótfalusi.* Gutenberg Jahrbuch 1962.

26 Horst Heiderhoff: *Die Original-Janson-Antiqua.* Zur Rehabilitierung des Nikolaus Kis. Porträt einer Schrift 1683–1983. D. Stempel AG.

27 György Haiman: *Nicholas Kis.* A Hungarian Punch-Cutter and Printer. 1650–1702. Budapest/San Francisco 1983. S. 32.
28 György Haiman: *Nicholas Kis.* A Hungarian Punch-Cutter and Printer. 1650–1702. Budapest/San Francisco 1983. S. 32.
29 Proben der Buchdruckerei und Schriftgießerei von W. Drugulin in Leipzig. II. Antiquaschriften. 1874. Unter: Renaissance. – Holländisch.
30 *Janson Baskerville Caslon.* (Schriftprobe der) D. Stempel AG. o. D.
31 Horst Erich Wolter: *Vorwort.* Die Schriftproben des Volkseigenen Betriebes Offizin Haag-Drugulin. Leipzig 1953.
32 György Haiman: *Nicholas Kis.* A Hungarian Punch-Cutter and Printer. 1650–1702. Budapest/San Francisco 1983, S. 123.

Inhalt

Seite 7   Dr. Murkes gesammeltes Schweigen
Seite 40 Geschäft ist Geschäft
Seite 48 Wanderer, kommst Du nach Spa...
Seite 62 Nachwort
Seite 73 Janson, Kis und die Monotype-Ehrhardt
Seite 92 Literaturverzeichnis
Seite 95 Inhalt
Seite 96 Impressum

Impressum

Der vorliegende Band ist der neunundzwanzigste Druck der »Bibliothek SG«. Für den Text wurde die Monotype Ehrhardt mit Kursiv verwendet. Den Satz sowie den Buchdruck von der gegossenen Schrift besorgte die Offizin Haag-Drugulin, Leipzig. Die Bindearbeiten wurden von der Buchbinderei Lachenmaier in Reutlingen ausgeführt.

Die Gestaltung des Buches lag in den Händen von Heinz Hellmis und Eckehart SchumacherGebler.

Das 115 g/qm spezialgeglättete »Fly« cream, 1,2-faches Volumen, fertigte die Papierfabrik Schleipen, Bad Dürkheim; das 120 g/qm »PAPVR« Flute 322 und Natural 363 für Überzug und Vorsatz lieferte Winter & Co in Steinen.

Die hier abgedruckten Prosastücke wurden dem Band »Heinrich Böll: Erzählungen« entnommen.

© Copyright 1994 by Kiepenheuer & Witsch, Köln. Alle Rechte vorbehalten. Kein Teil des Werkes darf in irgendeiner Form ohne schriftliche Genehmigung des lizenzgebenden Verlages reproduziert oder unter Verwendung elektronischer Systeme verarbeitet, vervielfältigt oder verbreitet werden. Dem Verlag sei an dieser Stelle für die Abdruckgenehmigung sehr herzlich gedankt.

Die Reihe »Bibliothek SG« erscheint seit dem Jahr 1974 bei Buchdruckerei und Verlag SchumacherGebler.

München, im November 2004

ISBN 3-920856-35-x